教祖の作りかた

真梨幸子

幻冬舎

contents

教祖の作りかた

装丁 † アルビレオ
装画 † 金井香凛

一章

1

長い夢を見ているのか。

だとしたら、なんという悪夢だ。

こんな悪夢を見続けるぐらいなら、死んだほうがマシだ。

それとも、もう死んでいるのだろうか。

死んでもなお、こんな苦痛が続くというのなら、ここは地獄なのか？


そういえば、小さい頃、『地獄』というタイトルの絵本をプレゼントしてもらったことがある。

そのタイトル通り、地獄絵図が延々と続く絵本だ。釜ゆでにされ、串刺しにされ、皮を剝がされ、体をバラバラに刻まれて。

「ほら、見てみて。地獄、怖いでしょう？　惨(むご)いでしょう？　絶対行きたくないでしょう？　いい？　悪いことをしたら、地獄に落ちちゃうのよ。だから、良い子にしていてね。ママの言うことをよく聞いてね。ママの言う通りにしていれば、地獄に行かなくて済むんだからね」

ママ。どうやら、地獄に落ちてしまったようだ。

ママの言うことを聞かなかったから？

ママの言う通りにしなかったから？

でも、ママ。ママの言うことなんて、どれも出鱈目で、その通りにしようとは思えなかった。

ママの言うことはいつだって間違っていたし、非常識だった。

そう、あなたは常軌を逸していた。

あなたがあの絵本を見せたのだって、ただの「脅迫」に過ぎない。

そう、そうやって世の親たちは、子供たちを縛り付けてきたんだ。

「親の言うことを聞かなければ、ひどい目に遭う。地獄に落ちる」と。

――それってさ、「洗脳」だよね？

あるとき、そう言ってママに反抗した。そしてママのもとから逃げ出した。

「ああ、あなたはサタンになってしまったのね」

ママは泣いた。

サタン？

サタンなのは、どっちだよ！

もうたくさんだよ！

「あなた、地獄に落ちるわよ、間違いなく、あなたは地獄に落ちる！　頭を砕かれて、体をバラバラにされて、内臓は引き摺り出されて、それでもあなたは死ぬこともできなくて、耐えがたい苦痛を未来永劫（えいごう）に味わうことになるのよ！」

だから、もうたくさんなんだよ、その脅し文句は！

「でもね、ママは最後まであなたの味方だからね。あなたを助けてあげるからね。地獄に落ちるときがきたら、こう祈りなさい。

神よ。我を救いたまえ！」

†

神よ。我を救いたまえ！

「え？　なに？」

奥寺色葉（おくでらいろは）はその声に驚いて、飛び起きた。

傍（かたわ）らの目覚まし時計の表示は、午前一時四十三分。ベッドに入って、まだ十五分しか経っていない。

隣のベッドから視線が飛んでくる。夫だ。

「あなた、なんか言った？」

「それはこっちのセリフだよ」

「どういうこと？」

「寝言がさ」

「寝言？……え？　私の寝言？」

そういえば、なにか夢を見ていたような気がする。目を開けた瞬間にその記憶は飛び散ったが、確かに、夢を見ていた。……よくない夢を。

「寝る前に、変な動画を見たせいかな？」

街歩きの動画を見ていたときのことだ。お薦めとして突然表示された、動画。未解決事件を扱ったその動画のサムネイルはいかにも刺激的で、クリックしないではいられなかった。

通称、『厚木バラバラ事件』。

厚木市のとある住宅街で起きたバラバラ事件だ。

腐敗臭がするという住民の通報から明るみに出た事件で、ある一軒家の二階の部屋からバラバラにされた男性が見つかった。……ここまではそれほど珍しいことではない。死体をバラバラにして遺棄するというのはよく聞くケースだ。が、この事件の恐ろしい点は、〝死体〟ではなかったということだ。その男性はまだ死んでいなかった。ＩＣＵで使用するような生命維持装置で生かされ、しかしその四肢は切断され、腹はえぐられ、その切り口は腐敗が進み、同じく腐敗した肉片が部屋中に散らばっていた。その臭いに街の住民たちは悩まされていたというわけだ。

さらに恐ろしいことに、被害者にはかすかに意識があった。

しかし、病院に搬送後すぐに死亡が確認され、結局、被害男性の身元は分からずじまい。事件の真相も分からず、迷宮入り。未解決事件のリストに載せられることとなった。

色葉は、この事件を覚えていた。なにしろ、近所で起きた事件だ。近所といっても、自宅からは電車で約三十分と離れているが、馴染みのある場所であることには間違いなかった。通っていた高校が、まさに事件現場から目と鼻の先だったのだ。

　幸い、その「腐敗臭」というものは経験せずに済んだ。立地のせいだろう。地図上では事件現場と母校は隣接しているが、実際は高低差があった。母校は坂上の高台にあり、事件現場は坂下だった。通学路も坂下を避けたルートを選んでいたので、その家の存在すら知らなかった。

　それでも、事件発覚当日のことは記憶にある。朝、登校すると、クラスメイトたちが教室の窓から身を乗り出していた。「なに？　どうしたの？」と色葉も窓に駆け寄った。窓からは坂下の住宅街がよく見える。ミステリードラマで見るような黄色いテープ（ポリスライン）が至る所に張り巡らされ、警官もたくさんいた。

「なんか、バラバラ事件があったみたいよ」

　クラスメイトの一人が訳知り顔で言った。

「バラバラ事件」。テレビとか小説とかではよく聞くが、まさか、こんな近くで起きるとは。恐ろしさ以上に、興奮が上回った。色葉だけではなく、学校中の生徒たちが「バラバラ事件」というワードに浮き足立った。「バラバラ事件」のワードだけが独り歩きし、尾ひれもたくさんついた。その日だけでいくつかの都市伝説ができあがったほどだ。

　都市伝説はそれからも生まれ続けたが、学校を卒業する頃には、話題にする者はほとんどいなくなった。一部のオカルト好きは事件現場に肝試しに行っていたようだが、色葉は、卒業後の新しい世界に胸をときめかせるばかりだった。

　そう、事件のことなど、それまですっかり忘れていたのだ。

　なのに、なんで今になって、あの事件を思い出すような動画に遭遇してしまったのか。

たぶん、「厚木」と検索したせいだ。

高校の同窓会の案内状が届いて、厚木が猛烈に懐かしくなったのだ。高校を卒業後、厚木には行っていない。行く用事もなかった。同窓会の報せ（しら）も無視していた。が、今回ばかりは、出席してみようか？　という気分になるほどに、懐かしさで胸が疼（うず）いた。これも、歳のせいだろうか？　最近は、妙に昔のことを思い出す。そして、柄にもなくセンチメンタルな気分に浸ってしまう。

なんだかんだ言って、あの頃は楽しかった。妙な敗北感と万能感がない交ぜになって、毎日がジェットコースターのようでもあり、メリーゴーランドのようでもあり、時にはお化け屋敷のようでもあった。

当時は、高校という場が窮屈で退屈で、早くここを卒業したい、外に飛び出したいと思っていたけれど、あの頃の自分に出会うことがあったら言ってやりたい。

「外に出ても、同じだよ。いや、むしろ、外の世界のほうが空虚だよ」と。

こうも言ってやりたい。

「外に出るとね、時間が加速するんだよ。あっという間に、おばあちゃんになる」

十代のあの頃は、無敵の若さが永遠に続くと思っていたし、時間を無制限に使えるとも思っていた。竜宮城にいる浦島太郎のように。……そう、あの頃の自分は、まさに浦島太郎だったのだ。

そして、今。あの頃、無駄に費した時間の代償を払わされている。

日に日に老いていく自分が恐ろしい。

なにより、日に日に蓄積する問題に手が回らない！

できれば、あの頃に戻りたい。そしたら、今度こそ、自分の気持ちに素直になる。一からやり直す。

もっと違う人生を。

……バカね。戻れるはずもないのに。

そんな小さな葛藤を繰り返していたときに届いた、同窓会の報せ。

色葉は高揚する気持ちを止められなかった。

「厚木って、今はどうなっているんだろうか？」

パソコンに向かうと、「厚木」をキーワードに動画を検索。厚木市内を歩く動画、いわゆる街歩きの動画をあれこれ見ていたところで、例の未解決事件の動画がお薦めされたというわけだ。

色葉の高揚感が、あっという間に急降下した。

これだからネットのお節介は恐ろしい。知りたくもない情報まで、押しつけてくる。そして、なにがなんでも、その情報を見せようとする。……いうまでもなく、見てしまった。しかも、それからは自ら検索して、大量に。そのせいで、悪夢を見てしまった。……動悸で息が詰まるほどの、悪夢。

色葉は、胸に手を当てながら、小さなため息をついた。

「もしかして、夢を見てた？」

夫が、宥めるように言った。

「なんで？」

「だから、寝言がさ」

「どんな、寝言だった？」

「よく聞き取れなかったけど、たぶん、救いを求めるような内容」

「救い……」

色葉は、我が家にのしかかっている、ある問題を思い出さずにはいられなかった。

「はぁぁぁ」

思わず、叫びのような声が出てしまう。

「そう心配するなよ。明日にでも、確認してみるからさ」

「私も一緒に行ったほうがいい？」

「いや、君は、あいつを見張っておいてくれ」

夫が、言い放つ。そして、

「ところで、あいつは、まだ寝ないのか？」

あいつとは、息子のことだ。隣の部屋から、いつもの音が聞こえる。

「注意しなくて、いいのか？」

相変わらずだ。こういう遠回しの言葉で、人を操ろうとする。

「はい、はい。注意してきますよ」

しかし、色葉は息子の部屋には寄らずに、キッチンに向かった。

猛烈に喉が渇いている。

ここのところ、毎晩だ。

この時間になると、アレが欲しくなる。

色葉は床下収納の蓋を開けると、ソレを取り出した。

2

「うっそー、色葉じゃない！」

本厚木駅近くのホテル、同窓会の会場に入った途端、声をかけられた。

どすどすと駆け寄ってくるのは、……みっちょん？

そうだ、みっちょんだ。右のほっぺたのホクロは、間違いなくみっちょんだ。すっかり脂肪をまとってしまったけど、面影はある。高校生の頃はちょっと不思議ちゃんで、持病でもあったのか学校も休みがちだったが、高二になるとすっかり元気になり、よくつるんでいた。学校をずる休みして新宿に映画もよく見に行った。それが教師にバレ、職員室前で並んで正座もさせられたっけ。

「色葉、めちゃ久しぶり！　何年ぶり？　高校を卒業してからだから――」

あんなにつるんでいたのに、高校を卒業すると、縁がぷっつり切れた。一生友だちでいようね！　と卒業式のとき抱き合って泣いたのに。それも仕方ない。みっちょんは地元組でしかも大学には落ちて浪人することになった。一方色葉は、都心の大学に現役で進んだ。

「二十五年ぶりかな？」

色葉は答えた。

そう、あの、涙涙の卒業式から、二十五年が過ぎた。

「そうか、二十五年ぶりか！　そんなになるか！　そうだよね、うちら、もう四十四歳だもんね」

私は、まだ四十三歳だけどね。早生まれだから。

「で、色葉、今は？」

みっちょんが、芸能レポーターよろしく訊いてくる。これだから、同窓会には参加したくなかったのだ。曖昧な笑みを浮かべて惚けていると、

「あ、珍しい人がいる！」

と、隙間を縫って言葉をぶつけられた。

見ると、まるで保険のセールスのようなパンツスーツの女性。

えっと、この人は……。

モンちゃん？　そうだ、モンちゃんだ……。委員長のモンちゃん。……ああ、この人、ちょっと苦手なんだよね。なんか、敵意を感じて。

「鈴田さん、……色葉だよね？　最初は全然分からなかった！　ずいぶんと落ち着いちゃって！」

〝鈴田〟とは、色葉の旧姓だ。

「色葉のこと、ずっと気にしてたんだよ。同窓会の案内を送っても返事がないし」

モンちゃんも地元組だ。それが理由か、ことあるごとに幹事を押しつけられているようだ。同窓会の案内状の幹事の欄には、かなりの確率でモンちゃんの名前が連なっていた。

「うちの両親が、転送してくれなかったのよ」

もちろん、嘘だ。同窓会の案内状が届くたびに、父親は転送してくれた。公務員だった父は、そういうところが律儀だ。

「同窓会でも、毎回噂をしていたのよ。色葉、どうしているんだろう？　って」

どうせ、悪口でしょう？　唇を歪(ゆが)めていると、

「だって、色葉はクラスのマドンナ。カーストの頂点に君臨していた女王だもん。みんな、今年は来るか、来年は来るかって、ずっと気にしていたんだから」

……マドンナ？　女王？　確かに、そんな時代もあった。みんなが私の顔色を窺い、教師までもがこちらをチラチラ窺っていた。でも、それは、マドンナだったからでも女王だったからでもなく、私が〝ギャル〟だったからだ。校則をガン無視して、髪を金色に染めて、眉毛を剃って、制服をミニスカートに加工して。

あの高校でそんなことをする人は他にはいなかった。なにしろ、優等生ばかりが集まる進学校。色葉も中学まではそこそこの優等生だったが、高校に進学してみごとにつまずいた。授業についていけない。順位も底辺グループ。それでも馬鹿にされたくなくて、ギャルになったというわけだ。つまり武装だ。取るに足らない自分を、他者の悪口から守るための。

それが功を奏したというわけではないのだろうが、色葉は気がつけば、学校中の有名人になっていた。校則を堂々と破るジャンヌ・ダルクと言う者もいた。何度停学を食らってもめげないロッキーとも。いつしか色葉を真似る者も現れ、その一人がみっちょん。地味で質素な子が突然ギャルに変貌、クラス中が騒然となった。みっちょんの親などは「娘が不良になった！」と半狂乱、色葉の家にまで怒鳴り込んできた。「あなたの娘は腐ったミカンです！」と。みっちょんの父親

はＰＴＡ会長も務めていたものだから、本当に大騒ぎになった。色葉は退学を迫られ、実際そうするつもりだったが、父がそれを許さなかった。公務員だった父はありとあらゆる伝手を使って、色葉を学校にとどめた。

「しっかしさ、色葉がいたから、あの学校も校則を見直して、私服になったんだよね。今では、神奈川県、ううん日本一自由な進学校として名を揚げているんだから、それもこれも、色葉のおかげだよ」

みっちょんが、自分自身を称えるように、得意満面の笑顔で言った。

「ほんと、色葉は、Ｓ高校の英雄だね！」

それは、嫌味なのだろうか？

「色葉ほどのチャレンジャーだもん、将来は政治家とか実業家とかになって、勝ち組になると思っていたよ」

やっぱり、嫌味だったか。色葉は身構えた。

「まさか、あんなに早く、結婚するなんて思ってもなかった」

あんなに早くって。……結婚したのは二十三歳のときだ。ちょうど就職氷河期にさしかかっていて、なかなか内定がとれず悶々としていたときに父親に勧められてお見合いした。相手は、父と同じ公務員。そして大学を卒業した翌年に結婚したけれど、びっくりされるほど早くもない。

「でもさ、わたしたち、就職氷河期世代じゃん？」

そう口を挟んだのはモンちゃん。

「就職氷河期世代にとって、結婚もまた就職のひとつ。なんなら、最優良の就職先なんだよ。それを勝ち取った色葉は、まさに〝勝ち組〟。わたし、色葉が結婚したと聞いて、さすがだなぁって思ったもん。しかも、相手は公務員だよ？　公務員の妻なんて、超勝ち組じゃん。……わたしなんてさ、就職もできないわ、結婚もできないわで、絵に描いたような〝負け組〟だもん。負け犬、負け犬って、家族によく馬鹿にされたよ」

「でも、今じゃ、年収二千万円だからね、この人」

みっちょんが、モンちゃんの肘を突っつきながら言った。

「に、二千万円？」

はしたない声が出る。

いったい、モンちゃん、なにを？

「保険の代理店をしている」モンちゃんが、手にしていたボッテガ・ヴェネタの名刺入れから、名刺を取り出した。

「保険のことでなにか相談があったら、いつでも連絡して」

女性が差し出す名刺は苦手だ。コンプレックスを刺激される。それでも色葉は笑顔でそれを受け取った。

続けて、みっちょんが名刺を差し出した。

名刺には、不動産会社の名前。肩書きは、社長。

「うちの親のあとを継いだだけ。地元密着型の街の小さな不動産屋よ」

いやいや、この不動産会社の名前、よく目にする。テレビＣＭも見たことがある。ここに来るまでにも、いくつも看板を見た。

そうか、社名が変わっていて気がつかなかったけど、あれ、みっちょんの親がやっていた不動産会社だったんだ。当時は確かに、地元密着型の小さな不動産会社だったけど、今は、CMを打つほどの大会社だ。

「本当は、大学に残って、研究を続けたかったんだけどさ」

でも、みっちょん、大学は落ちたはず。

「東大に残っていれば、今頃は、准教授だったのにね、惜しいね」

モンちゃんのなにげない言葉に、色葉は持っていた名刺をつい、握りしめてしまった。

東大に、……受かったんだ。

そうか、なんだかんだ、みんな成功してるんだ。しかも、自分の実力で。

ひきかえ、自分は……。

「ね、色葉、あの人、覚えてる？」

みっちょんが、暗がりを視線だけでさした。

視線を追うと、小男がひとり。

……あ。

「西脇くんよ。……色葉のシンパだった」

西脇くん。

「え？　マジで覚えてないの？」

みっちょんが、目を剝く。

「色葉が退学を迫られたとき、助けてくれた生徒会長よ。ストライキ事件、覚えてない？」

もちろん、覚えている。生徒会長だった西脇くんが全生徒に呼びかけて、学生運動を彷彿とさせるようなストライキ騒動が起きた。

その生徒会長は普段はおとなしく目立たないガリ勉タイプだったが、ここぞというときに、とんでもない才能を発揮した。それは、スピーチ力。生徒会長選挙もそれで生徒の心を鷲摑みにしていたし、ストライキ騒動のときも、全生徒を扇動した。

「自由な服装を！　校則を見直そう！」

それは、言うまでもなく、色葉たちを救済するための運動だった。

色葉が退学を免れたのは、なにも親のおかげだけではない、この生徒会長の存在があったからだ。

言ってみれば恩人ではあったが、色葉は彼のことが苦手だった。だから、その存在じたい、記憶の外に追いやってしまっていた。今の今まで。

「って、シンパって？」

「もう、色葉ったら。マジでそういうこと言うわけ？　気がついていたくせに」

みっちょんが、今度は色葉の肘を突っついた。そして、半ばうっとりとした視線で、

「でもさ、西脇くん、凄いよね。校則を変えちゃうんだもん。好きな人のために。きっと、今でも色葉のことが好きだと思うよ。だって、さっきからずっとこっちを見ている」

背筋に、なにか嫌な汗が流れる。なのに、

「今日だってさ、西脇くんが来たの、色葉目当てだと思うよ」

と、モンちゃんまでもが色葉の肘を突っつく。続けてみっちょんが、

「だって、西脇くん、うちに連絡してきたのよ。出席する人を教えてくれって。色葉は来るのかって。色葉が来るって伝えたら、彼まで出席だもん。今まで一度も同窓会に来たことがないのにさ」

「え？　西脇くんも、今日がはじめて？」

「そう。色葉が来ない同窓会は意味がなかったんじゃない？」

モンちゃんがニヤニヤ笑いながら、さらに肘を突っついてきた。

「あ、西脇くん、こっちにくる」

背中から聞こえてくる、靴音。逃げたくとも、両脇には、みっちょんとモンちゃん。

亀のように首を縮めていると、靴音がふと、遠のく。

恐る恐る振り返ると、西脇の周りにはちょっとした人垣ができていた。

「相変わらずの人気者だね、西脇くん」

みっちょんが感嘆の声をあげる。

「うん、そうだね。不思議とカリスマ性あるんだよね、彼」

と、モンちゃんが同調する。

しかし、色葉はなにも応えなかった。

だって、やっぱり、西脇くんは苦手だ。

「奥寺さん」

今の名字を呼ばれて、色葉は思わず「はい」と無邪気に振り返った。

「え？」

そこにいたのは、西脇だった。

色葉は、地蔵のようにかたまった。

まさに、宴もたけなわ。恩師のスピーチが終わり、乾杯も済ませ、歓談の段に入っていた。

色葉も、シャンパンのグラスに口をつけたところだった。

が、至近距離の西脇を見て、ほろ酔い気分も吹っ飛んだ。

「奥寺さん、雰囲気、変わりましたね」

「……ええ、まあ。さすがにこの歳でギャルはできないもん。あ、でも、西脇くんはあの頃のまんまだね。私、すぐに分かったよ」

そう、あの頃のまんまだったから、色葉は咄嗟に拒絶反応を示したのだ。仮に、昔の面影が見当たらないほど別人になっていたなら、あそこまで動揺はしなかった。事実、他の男子はみな、変貌が激しい。かつてのイケメンはみごとにハゲ散らかし、ひょろひょろの青びょうたんはムキムキの筋肉おっさんになっている。

ところが、この西脇だけが、昔のままなのだ。まるで、あの頃からタイムワープしてきたように。

確かに、頭には白髪もちらほら見える。その顔にはシワもたるみも認められる。間違いなく歳はとっているはずなのに。

ああ、そうか、声だ。見た目以上に、声と話し方がまったく変わっていないからだ。少し掠れた、ウィスパーボイス。いつまでも聞いていたくなる。

「奥寺さんは昔のギャルファッションも素敵でしたけど、今の清楚路線も悪くありませんよ。むしろ、あなたにはこちらのほうが似合う。本来のあなただからでしょうね」

「本来の……私？」

「そう、本来のあなたは、純粋で清らかだ。なんの飾りもいらない。そこにただいるだけで、美しい存在なんです」

口のうまさも、昔のままだ。お世辞だと分かっていても、頰が熱くなる。……美しいなんて言われたの、はじめてかもしれない。なんだかよく分からないけど、頭の芯がじんじんとする。

「ああ、そんなことより」色葉は、甘い痺れを振り払うかのように、話題を変えた。「西脇くんは、今はなにを？」

「え？」

「お仕事は？」

「そんな情報はいいじゃないですか。ここは同窓会の場ですよ。昔に戻って、みんなわいわい楽しむ場なんです。今、なにをしているとか、どんな仕事をしているとか、そんな情報は楽しみの邪魔になるだけです」

西脇の言う通りだ。

ここは同窓会。なのに、あちこちで営業が繰り広げられている。色葉もさきほど、モンちゃんから生命保険の加入を勧められた。みっちょんからは、マンション投資のカタログを見せられた。……分かっていた。同窓会は、ある意味、営業の場であることは。夫が同窓会に行くたびに妙な水が大量に届き、ゴルフ会員権の購入勧誘のダイレクトメールが届くようになる。それだけならまだしも、去年の同窓会では、千葉の訳の分からない土地を買う羽目になった。いわゆる原野商法だったが、夫は「まあ、旧友の助けになればそれでいいんだよ」と、被害届は出さずじまい。夫は優しい人だが、裏返せば、カモになりやすい。そんな夫を見てきたものだから、同窓会にはいい印象を持っていなかった。実際、今日、出席してみてその印象は補強されるばかりだった。

やっぱり、こんなものか……と。

だから、てっきり、西脇も、なにか営業をするために色葉に声をかけてきたのだと思った。ところが、飛び出した言葉は、

「そんな情報はいいじゃないですか」

そうだ、そんな情報なんて、本来、必要ないのだ。社長になろうが年収二千万円だろうが、ただの専業主婦だろうが、そんなの関係ないのだ。今は、あの頃に戻って。

まだ、何者でもなかったあの頃に戻って。

そう、あの頃に……。

「シャンパン、もう一杯、飲みますか？　とってきますよ」

西脇が、耳元で囁(ささや)く。

「え？」

見ると、グラスは空だった。……私ったら、いつのまに。

「どうしました？　奥寺さん」

「なんだか、気分が悪くなっちゃった。外の空気を吸ってくる」

3

なんで、こんなことになったのか。

色葉は、何度も自問自答した。

今なら、まだ間に合う。今、逃げ出せば。

が、色葉はそれをしなかった。体を西脇に預け、タクシーに乗り込む。

西脇が耳元でずっと囁く。

「好きでした、ずっと好きでした」

言葉だけで、色葉は絶頂を迎えつつあった。乾ききっていた局部は湿地のようにぬめり、今にも芽吹きそうな状態だった。色葉はその湿地帯に西脇の手を誘った。西脇の指は信じられないほど巧みで、色葉の芽をすぐに探し当てる。

「あ……」

足が自然と開く。

バックミラーから覗く、運転士の眼。それがさらに色葉のそこを湿らせた。

西脇の指が、その中心をわざと避けるように、意地悪くさまよう。

色葉の我慢ももう限界だった。

タクシーの中だろうが、運転士が見ていようが、かまわない。ここで、ここでして、西脇くん！

そう叫んでしまいそうな唇を、西脇の手が塞ぐ。色葉が、その指を噛んだときだった。

ホテルに到着した。

いわゆる、ラブホテルと言われる類いのホテルだ。

いかにもというような、けばけばしい照明。笑っちゃうほどの、ピンク色に統一されたインテリア。

……色葉にとってははじめての経験だ。ギャルだ不良だと言われながらも、性に対しては奥手で、初体験は結婚してからだったし、言うまでもなく、夫以外の男も知らなかった。だから、セックスなんて、人が言うほどいいものじゃないし、快感も得られない、ただ、夫の数分間のピストン運動に付き合っているだけ。……そう今までは思っていた。

しかし、今、色葉はとろけるような悦(よろこ)びの中にいた。

シーツをびしょびしょにするほど局部からは蜜が溢れだし、西脇がその様子を間近で見つめている。

「だめ、そんなに見ちゃいやだ」

恥ずかしいと思えば思うほど、痺れるような快感が全身を走る。

「あ、西脇くん、だめ、そんなことしちゃだめ……」

口ではそう言いながらも、蜜の流れは止まらない。色葉は、両足で西脇の頭をがっしりと捉えた。

前戯だけで、もう何回、イッただろうか。

信じられない。これが、セックスというものなの？

だとしたら、私が今までしてきたセックスはなんだったの？

あ……、あ……、
だめ、そんなところ、舐めちゃ……

だめ、もっと舐めて、舐めて、西脇くん……！

私、本当のことを言うね。

本当はね、西脇くんのこと、好きだったんだ。大好きだった。

でも、それを認めるのが怖くて。

だから、西脇くんの視線も避けてきたんだ。

なんで怖かったのかは、今だったらよく分かる。

どうしようもなく、夢中になると思ったから。

それこそ、中毒になりそうだったから。

勉強も食事も遊びさえ手につかなくなるほど、西脇くんにのめり込むと思ったから。

同窓会にずっと参加しなかったのも、それが本当の理由。西脇くんと再会したら、自分の気持ちがどうなるか分からなかったから。

もっとハゲ散らかしてくれていればよかったのに。もっとおじさん臭くなっていれば。そしたら、

「いやだ、西脇くん、変わったー、すっかりおっさんになっちゃって！」

と笑って済んだのに。

なのに、なんで西脇くんは、あの頃と変わらないの？　あの頃と同じ声で囁くの？

そんなことされたら、私、道を踏み外すしかないじゃない……。

ああ、もうどうなってもいい、このまま死んでもいい。西脇くんと繋がったまま、この快楽に溺れたまま……。

そして、色葉の視界が暗転した。


神よ。我を救いたまえ！


「え？　なに？」

色葉はその声に驚いて、我に返った。

「うそ？　もしかして、全部夢だったの？」

いや、違う。隣に寝ているのは、間違いなく西脇だ。

「ああ、よかった……」

安心感が、たちまちのうちに欲情に変わる。色葉の局部はみるみる湿り、受け入れ準備をはじめる。

色葉は、すっかり萎えてしまっている西脇の局部に手を添えた。

このどうしようもない、感情。

西脇くんが欲しい！

と、それを咥えようとしたときだった。ベッド横のサイドテーブルから、何かがずり落ちた。

西脇のカバンの中身だ。名刺入れが見える。

好奇心が、ふと芽生えた。

色葉はそれを拾い上げると、中から名刺を一枚、引き抜いた。

「え？　弁護士？」

と、そのとき。

聞き覚えのある着信音。

色葉は自身のバッグを捜し当てると、慌ててスマートフォンを引き摺り出した。

†

「どうしました？」

西脇が、のそりと起きた。

「私、もう帰らなくちゃ」

「え？　もう夜の十一時過ぎですよ？　今日は泊まりましょうよ」

「今からだったら、終電には間に合うし」

「急に、どうしたんですか？」

「夫から電話があったの」

「旦那さんから？」

「帰りが遅いから、心配で電話してきたみたい」

「……そうなんですか」

「私、どうかしてた。そう、酔っ払っていたのよ。だから、正気じゃなかったの」

「色葉さん？」

いつのまにか、名前で呼ばれている。そうか。二回目のファックのとき、色葉のほうから「名前で呼んで」とリクエストしたんだった。

「奥寺でいいから」

「…………」

「ごめんなさい、今日のことは全部忘れて」

「忘れるはずがない。あなたは、最高だった。あんな素晴らしい時間を忘れることなんてできない」

「それでも、忘れて！　お願い！」

「できない」

言いながら、西脇が色葉を再びベッドに引き摺り込む。

そして、はいたばかりのストッキングごと乱暴に引き摺り下ろす。

なんで、抵抗できないの？

なんで？

でも、抵抗しなくちゃ。

帰らなくちゃ。

私、夫のことも好きだもの。

「……分かった。今度、ゆっくりと会いましょう。だから、今日は帰して」

色葉は、西脇の唇を遮(さえぎ)った。

「今度？」

「西脇くん、弁護士なんでしょう？」

「え？」

「さっき、名刺を見ちゃったの、ごめんなさい」

「別に謝らなくてもいいですよ。隠していたわけでもないので」

西脇の指が、再び、色葉の局部をまさぐりはじめる。

このままでは、快感の蓋がまた開いてしまう。

西脇の指を振り払うと、

「弁護士さんなら、相談に乗って欲しいことがあるの」

「どんな？」

「夫が、原野商法にひっかかってしまって」

〝夫〟という単語で、西脇の手が止まった。

「ううん、それはまだいいのよ。問題は、息子なの」

「息子さん？」

〝息子〟という単語で、西脇の性欲がようやく鎮まったようだ。

「今年十九歳の息子がいるんだけど。……お恥ずかしい話、引きこもりなのよ。大学も受験してない。でも、本人は、いっぱしのユーチューバーのつもりで」

「ユーチューバーも、れっきとした職業ですけどね」

「ええ、職業よ。ちゃんと稼いでいるみたい。……ううん、稼ぎ過ぎているの。私も、つい最近まで、それを知らなかったんだけど」

「どういうことですか？」

西脇が、冷蔵庫からなにかドリンクを取り出した。

そして、気付け薬とばかりに、それを色葉に握らせた。

色葉はそれを一気に飲み干す。そして、

「先日、税務署から納税の督促状が届いたの。はじめはなにかの間違いか新手の詐欺かと思って放置していたんだけど。……どうやら、本物だったみたいで」

「ちなみに、滞納している税金の額は？」

「一千万円ほど」

「税金が一千万円……。それは、かなり稼いでますね。なら、貯金もあるでしょう？　それで支払えば――」

「ところが、息子の口座には残高はほとんどないの！」

「そんなに稼いでいながら？」

「ゲームに課金したり、オンラインカジノをしたりして、すってしまったらしいの」

「なるほど」

なんだろう、体がふわりと浮いたような気がした。手元を見ると、握っていたのはストロング系の缶チューハイだった。

いやだ、これ、めっちゃ強いやつじゃない。前も、これを飲んだとき意識が飛んだ。……と思ったと同時に、強烈な倦怠感と虚無感と、そして後悔と罪悪感が落ちてきた。

「……もうね、なにもかもいやになってしまって。それで、今日は、家出のような形で家を飛び出してしまって。同窓会に出れば、気分も変わると思って。元気をもらえるかも？　と思って。でも、逆だった。私、ますます問題を抱えてしまった。

夫以外の人と、こんなことになってしまって。

これって、不倫よね？

不倫って、不貞行為よね？　つまり、罪ってことよね？」

「罪というほどのものではありませんが」

「でも、離婚の理由にはなるわよね？」

「ええ、確かに」

「もう、私、めちゃくちゃだわ。本当にどうかしてる。どうにかして一千万円の税金を払わなくちゃいけないのに、なんでこんなことに……こんなことをしている場合ではないのに」

色葉は、泣き崩れた。

「もう、ほんと、自分がいやになる！　こうなったら死ぬしかない。死んだら、生命保険金が入る。二千万円ほど入る。そしたら万事が解決する。ね、だから、私を殺して！」

我ながら、めちゃくちゃなことを言っている。死ぬ気なんて、ないのに。

でも、不思議と、西脇の顔を見ていると、こういうネガティブなセリフが飛び出すのだ。そして、甘えたくなる。

「ね、私と一緒に死んで。一人じゃ寂しいもの。ね、なんかの小説にあったように、繋がったまま死のうよ？　だって、どうせこの不倫もいつか夫にバレる。私、嘘がつけない性格だからさ。そしたら、あの一本気な夫のことだもの、殺されるかもしれない。だったら、ここで死んだほうがマシ」

本当に、何を言っているんだろう、私。まったく違う人格が頭の中に寄生して言葉を操っているようだ。

ああ、これだから、ストロング系は怖いのよ。……私、完全に墜ちてる。

「分かりました。僕がなんとかしましょう」

「はんとは、はるの（なんとか、なるの）？」

ろれつも回らなくなってきた。

「ひとつだけ、税金から逃れる方法があります」

「ほれは、ほんなほうほう（それは、どんな方法）？」

「ところで、あなたは、神を信じますか？」

「へ？」

「神の国に行ってみたくはないですか？」

芯を失ったぬいぐるみのように、色葉は頷いた。そしてそのままベッドに崩れ落ちた。

「さっきのはただの序の口ですからね。今度は、いよいよ本番だ」

そして、西脇は、目にも留まらない早業で色葉の下半身を丸裸にすると、局部を指で押し広げた。

「はひほひへふほ？」

何をしてるの？　と言葉にしたくても、舌はすっかり痺れている。抵抗など、ひとつもできない。

もう、西脇に従うしかない。

薄れ行く意識の端で、西脇が自分自身の膨張した局部になにかを塗り込んでいるのが見える。

それは、なに？　なにを塗っているの？

え、それって、もしかして……？

と、西脇の性器が色葉にねじ込まれたときだった。

色葉の細胞ひとつひとつに、とんでもない電気が流れた。

色葉は、思わず、絶叫した。そして、歓喜した。

宇宙だ。宇宙が広がっている。

私、宇宙とひとつになっている！

これが、神の国なの？

私、神とひとつになったの？

違う。

神の国ではない。それは、地獄の入り口だ。

分からないのか？　これは、薬物セックス（キメセク）なんだ！

とても危険な行為だ。後戻りできなくなる。

今ならまだ間に合う、このまま逃げ出せ！

……そう頭の奥で、誰かが叫んでいる。

しかし、色葉は、その叫びに蓋をすると、西脇の動きに身を任せた。

4

色葉がリビングの照明をつけた途端だった。

「酔ってるの？」

ソファーで寝ていた夫が、その目に疑惑の色を滲ませてブランケットの間から顔を覗かせた。

「やだ、あなた。そんなところで寝ていたの？」

午前四時。

結局終電には間に合わず、タクシーを使って帰宅した。その料金に酔いも一気に吹っ飛んだが、

「気にすんなよ」と西脇。彼はそのままタクシーに残り、麻布方面へと運転士に指示を出した。

西脇くん、麻布あたりに住んでいるんだ。

まあ、敏腕弁護士って感じだもの。稼いでいるのだろう。きっと自宅も高級マンションに違いない。

一方、自分の家は。

世田谷の端にある、小さな建売住宅。いわゆる狭小住宅で、世間ではペンシルハウスとも揶揄されている今時の戸建てだ。元々一軒家だったところを更地にし、無理やり四戸の家を建てたため、庭と呼べるものはない。

こんな家でも、ようやく手に入れたマイホームだった。夫の実家と自分の実家にいくらか用立ててもらって頭金を作り、三十年の住宅ローンを組んで。

「あんた、頭金を貯金してなかったの？　そんなんで、家なんか買って大丈夫？」と母にはかなり呆れられたが、貯金なんてしている余裕はなかった。息子の教育費のほうが優先だったからだ。小学校は有名私立に入れたので、お受験対策にも相当な費用を要した。そのままエスカレーター式で進学すればもう受験する必要もないと思ったのに、小学校のときにいじめに遭い転校を余儀なくされた。こちらは被害者だというのに、転校を促されたのだ。いじめていたグループの親たちがいわゆる「上級国民」だったのが理由だ。学校側は転校先に提携している私立の小学校を用意してくれたが、そこでもなじめず結局は公立小学校へ。

中学校は、今度こそ失敗しないようにと慎重に選んだ私立を受験させたのだが、このときの塾代が馬鹿にならなかった。色葉もパートに出るほどだった。その甲斐あって志望校には合格したが、ここでもまたいじめのトラブルが。今度は、息子が加害者だった。またもや転校を促され……。結局、その中学校に籍を置き続けたが、ろくに登校することなく卒業。その頃になると引きこもり傾向が強くなり、高校進学も断念した。

「もしかしたら、環境が悪いのかもな」

あるとき、夫がそんなことを言い出した。それまで、渋谷区にある公務員官舎に住んでいたが、繁華街にも近く、お世辞にも子育てに適している街とは言えなかった。もっと落ち着いた郊外に行けば、息子の気持ちも変わるのではないか。高校進学はもう無理だとしても、大検をとって大学には進んでほしい。それには自宅で勉強する環境を整えたほうがいい……ということで、一軒家を購入することにしたのだ。

夫は息子の環境を変えるため……と言っていたが、その実は、あの官舎に居続けるのが苦痛だったのだろう。息子のことは官舎内でも有名で、職場でも噂になっていたに違いない。

色葉も色葉で、環境を変えたかった。息子のことを聞かれるのを恐れて、自分まで引きこもりがちになっていたからだ。官舎には定年まで住むことができたが、その前に逃げ出したというのが実際のところだった。

そしてこの家を買ったのだが。息子の引きこもりが改善することはなく、ますます悪化するばかり。ただ、この辺に知り合いがいないことは、色葉にとっては少しばかりの慰めでもあった。近所の目を気にしてこそこそする必要はない。夫も、あれから異動になり、息子のことを知る人がいない職場環境にあるようだ。そう、つまり、色葉たち夫婦がその話題を出さない限り、息子はこの世にいないも同然だった。

「ずいぶん、酒を飲んだんだな。ふらふらじゃないか」

夫が珍しく、責めるように言った。「タクシーを使ったんだろう？」しかし、夫はもったいない……という言葉はあえて呑み込んだ。その様があまりに嫌味で、

「送ってもらったのよ」

と言いそうになったが、色葉もまた、言葉を呑み込んだ。

そんなことを言ったら、「誰に?」ということになり、正直に言ったら言ったでさらなる疑惑を生むだろうし、嘘をついたらついたで、それでもやはり疑惑を生む。どっちにしろ、詰んでいる。こういうときは、あやふやにするのが最善だ。

「ね、今日、同窓会でね、弁護士になっている級友と再会したんだけど」

言いながら、色葉は冷蔵庫からミネラルウォーターのペットボトルを取り出すと、まずはそれを一口飲んだ。そして、

「いい話を聞いたのよ」

「いい話？　原野商法は勘弁だよ」

「まさか。節税の話よ」

「節税？」

「そう。あの子が滞納している税金を、より安くするための……なんなら、払わなくて済むとっておきの話」

そう、奥寺家の目下の悩み事は、息子の「稼ぎ」だった。息子はここ数年、ただ引きこもっていただけではなく、ユーチューバーとして活躍していたのだ。ゲーム実況というジャンルらしいのだが、なんと、この三年で五千万円以上の利益を得ていた。

息子の将来用にと、お年玉などを貯めるために作った息子名義の口座があるのだが、稼ぎはそこにプールしていたようだ。そのせいで、色葉も夫も、まったく気がつかなかった。税務署から督促状がくるまでは。督促状には、途方も無い金額が記されていた。

それだけの税金が発生したということは、それだけの稼ぎがあるということだ。口座に残金は

いくらあるのかと息子に問いただしたところ、ほとんど残っていないという。金はすべて暗号資産に換えて、ゲームの課金やオンラインカジノに突っ込んだという。しかもここに来て暗号資産が大暴落。残金があるどころか、マイナスだと。

泣きそうになった。いや、泣いた。

じゃ、この税金、誰が払うの？

税務署に相談したところ、財産の差し押さえになるらしい。息子には差し押さえるものがないんです、と訴えると、それでも差し押さえます、それが法律だと。十九歳の息子は一応は成年扱いだが、稼いでいた時期は未成年のときからだ。未成年ならば親に責任がある。しかも、息子はいまだに扶養家族になっている。ということは、家族ぐるみで脱税しようとしたことになり、罪が重い。……それは、遠回しに、親が滞納分を支払う義務があると言っているようなものだった。

……無理だ。うちには、そんな貯金はない。あるのは、この家だけだ。

税務署員はこんなことも言っていた。

自己破産しても無駄ですよ。破産しても、税金の支払いが免除されることはありませんから。ただ、ひとつだけ、免除される場合があります。財産をすべて手放して、生活保護を受ける……という方法です。が、息子さんの場合、ちゃんとした両親がいらっしゃる。生活保護を受給することはまず無理でしょうね。両親ともども、すべてを投げ出して生活保護を受けるということでもなければ。

とにもかくにも、税金から逃げることは不可能だった。督促状が来たのが二日前。督促状送付から十日までに納税しないと、差し押さえが可能になるらしい。

そう、まさにカウントダウンがはじまっているのだ。

公務員である夫は、なにがなんでも秘密裏に処理しなくてはならないと、昨日から金策に走っている。息子のこととはいえ、税金滞納で差し押さえを受けるというのは、この上ない不名誉で、最悪、職も追われることになる。

夫は相当追い詰められているようで、ヤミ金にまで頼ろうとした。

「節税？　弁護士？」

夫が、むくっと体を起こした。

「そう。同級生の一人が弁護士さんになっていたんだけど、その人がね、いい方法があるって。明日……厳密に言うと今日だけど、改めて会ってくれるって。どう？　あなたも会わない？」

「でも、明日……というか今日は日曜日だよ？」

「だからよ。日曜日なら、あなたも家にいるでしょう？」

「いや、そうじゃなくて。日曜日なのに、わざわざ来てくれるの？　その弁護士さん」

「そう。来てくれるって」

「でも、弁護士なんか頼んだら、結構金かかるんじゃないの？」

「それは大丈夫。元クラスメイトとして、無料で相談に乗ってくれるって」

「無料。……タダより怖いものはないよ」

「大丈夫よ。だって、元クラスメイトだもの。悪い人じゃない。むしろ、正義の人なのよ」

「正義……、なんだか、それも胡散臭いな」

「そんなこと言わないでよ、私の同級生なんだから」

「悪かったよ。でもさ」

「ね、だから、一緒に相談してみましょうよ。彼、言ってた。とっておきの方法があるって」

「彼？……その人、男性なの？」

5

午後三時、約束通りに、西脇はやってきた。

玄関先で迎えたとき、色葉の下半身が少しだけ疼いた。

この人と、昨日、あんなことを……。この人は、私のすべてを知っている。なんなら、夫ですら知らない私の恥部も痴態も。後ろめたさより、ときめきを色葉は覚えた。

しかし、西脇はポーカーフェイスで、なにを考えているのかまったく分からない。目配せしようともしない。

そのつれなさが、色葉をますますときめかせる。

リビングに通すと、夫がすかさず立ち上がった。

まさに、三角関係の図。

が、夫はそのことは知らず、妻を寝取った間男に対して、恭しく頭を下げた。

ここでも、色葉はときめいた。もちろん、後ろめたさもあるにはある。が、二人の男を天秤にかける悪女のような気分にもなって、それが色葉を少しだけ興奮させた。

「それでは、早速ご提案させていただきたいのですが」

ソファーに座るや否や、西脇が、カバンからなにやら書類の束を取り出した。それはなにかの資料をコピーしたものらしい。

『妙蓮光（みょうれんひかり）の会』という文字も見える。

「単刀直入に申し上げます」西脇は姿勢を正すと言った。「この日本で、税金が免除される方法はひとつ、宗教法人を作ることです」

「宗教法人？」「宗教法人？」

色葉と夫の声が恥ずかしいほどハモる。

色葉は、照れ笑いをひとつ浮かべたあと、

「宗教法人って、どういうこと？」

「宗教法人には税金はかかりません。そんな話、聞いたことはありませんか？」

色葉と夫は顔を見合わせた。そして、

「ええ、宗教法人は非課税ですね」

と、夫が代表して答えた。

「といっても、すべて非課税というわけではありません。宗教活動の範囲内であれば非課税とされる主なものは、こちらです」

西脇は書類の一枚を抜き出すと、

「法人税、固定資産税、不動産所得税、事業税……」

と、その項目にひとつひとつ指を置いていった。さらに、

「逆に言うと、ここに書かれている税金以外は支払いの義務があります。消費税はその代表例ですが、その消費税も宗教法人の場合は非課税になる場合が多い。たとえば、お布施や献金は非課税です。お守りなどの宗教的グッズから得られる収益や拝観料もそうです。土地を貸してそこから得る収益もまたそうです。そのほか、宗教活動と認められるものはすべて消費税も非課税です」

「え？　消費税もそんなに免除されているんですか？」

夫が、書類をまじまじと覗き込んだ。その顔は、納得がいかないという表情だ。

色葉も納得できなかった。去年、パワースポットだと言われている神社に行ったときのことを思い出していた。

「前に、ある神社でお守りを買ったら、消費税も普通にとられたわよ？」

「それは詐欺みたいなもんですね。だって、その消費税は宗教法人の懐に入るわけですから」

「詐欺？」

道理で、あのお守り、まったく効果がないはずだ。効果どころか、あのお守りを買ってから、悪いことばかりだ。

「一方、住職や神主、そしてそこで働くスタッフの収入は、普通に所得税も住民税もとられます。法人から出ている給与という扱いですから」

「さすがにそこまでは免除されないんですね。少し安心しましたよ」

夫が、ため息混じりで言うと、

「とはいっても、あれこれと工夫して、ほとんど税金を払っていない人も多いのは事実です」と、すかさず西脇。

「え？　そうなんですか？」夫の顔が再び強張った。「なんか不公平だな。おれたちは有無を言わさず税金を天引きされているというのに」

「ええ、そうなんです。宗教法人はまさにタブーの領域（アンタッチャブル）。さすがの税務署もおいそれとは手をつけられないんです」

「あーあ、ほんと、嫌になりますよ。この日本は、なんだかんだ言って、アンタッチャブルなことが多い。あからさまに優遇されて犯罪まがいなことをやっても許される人たちもいれば、たった五分間、車を停めただけでも駐禁をとられる人たちもいる」

夫は去年、どうしてもトイレを我慢できずに駐車禁止の場所に車を停めてコンビニに飛び込んだことがある。運悪く警邏（けいら）中の警官に見つかって、キップこそ切られなかったが職場で厳重注意を受けた。そのことをいまだに根に持っているようだ。

「で、ここからが本題です」

西脇が、どこぞの営業マンのように身を乗り出した。

「あなたがたが抱えた税金問題を解決する方法は、ひとつしかありません。宗教法人です」

「なに言っているの？」「意味が分からない」

色葉と夫の声が、またまた綺麗にハモった。

「じゃ、もっと掻い摘まんで説明しましょう。息子さんの活動を〝宗教〟とするのです。そしたら息子さんが稼いだお金は〝宗教活動〟の一部となりますので、税金の免除は可能です」

あまりに突拍子もない提案に、色葉はなかなか理解できなかった。夫も同じで、ただただ、目をぱちくりさせている。

「つまり」色葉が代表して質問した。「私たちに宗教法人を作れっていうの？　宗教法人を作れば、税金はチャラになると。宗教法人って、そんなに簡単に作れるの？」

「いいえ、簡単ではありません。会社のように簡単に作れたら、誰しも宗教法人を立ち上げて、税金を逃れようとしますからね。国もそこまで寛容ではありません」

そして西脇は、またまた書類の一枚を引き抜くと、それを色葉たちの前に置いた。そこには、『宗教法人の設立』というタイトルとともに、いかにも面倒くさそうなフローチャートが描かれていた。さらっと見ただけでも、設立までには最低二、三年かかり、その年月をかけたとしてもクリアできそうもない条件がずらずら並んでいる。

こんなの、無理だ。仮に、奇跡的にうまく事が運んだとしても、二、三年もかかるんじゃ、話にならない。私たちの危機は、もうすぐそこまで来ている。数日後には全財産を差し押さえられる運命なのだ。

そんな切羽詰まった状態の人間を前にして、西脇という男はいったいなにを言っているのだ。あんなに優秀だったのに。いつのまにこんなポンコツになったの？　私、こんなポンコツとあんな関係になってしまったの？

色葉は、今更ながらに猛烈な後悔を覚えた。

しかし、夫は前のめりで書類を見つめている。そして、

「確かに、新しく宗教法人を作るとなると、相当な手間と難関が立ちはだかっている。でも、すでにある宗教法人を利用すれば」

は？　色葉は、夫の顔を覗き見た。

「ほら、会社もさ、休眠中のがごまんとあるだろう？　一から法人を立ち上げるのではなくて、休眠中の会社を譲り受けるケースは結構多いんだよ」

夫まで、なにを言い出すのだ。簡単に作れる会社ならそうかもしれないけど、宗教法人よ？　休眠中の宗教法人があるわけないじゃない。

まったく、こういうとき、男というのは全然役に立たない。しかし、

「そう、正解です！」

西脇が、いきなりクイズのMCのごとく、人差し指を夫に向けた。

「旦那さん、さすがです。目の付け所が素晴らしい。わたくしがご提案しようとしているのは、まさにそれなんです」

あからさまに褒められて、夫が小鼻を蠢(うごめ)かせた。

「実は、わたくしのクライアントで、活動実態のない宗教法人があります。書類上では信者五百人となっていますが、実際にはすでに信者もいません。代表が亡くなったのがきっかけで分裂し、ちりぢりになってしまったのです。教祖の遠い親戚で経理なんかを担当していた事務方がほそぼそと続けてはいたんですが、その人も諸事情により活動ができなくなりました。このままでは解散しかない。が、その事務方の人は、どうにかその名前だけは残したいとおっしゃるのです。亡き代表の遺志でもあると。それで、わたくしのもとに相談にこられたというわけです。そのタイ

ミングで、色葉に再会し――」

突然〝色葉〟と呼び捨てにされて、色葉はたじろいだ。確かに、ベッドの中では名前で呼んでとは言ったが。……時と場所を考えて。夫がいるのよ？

しかし、夫は特に気にしていないようだった。ふんふんと頷きながら、西脇の言葉に聞き入っている。さらに、

「つまり、その宗教法人を居抜きでそのまままるっと引き継げれば、税金もチャラになるということですか？」

「そうです。この宗教団体は今は休眠状態ですが、歴史だけはある。設立は昭和二十二年。税務署だって、これだけ歴史がある法人ならば、尻尾を巻いて逃げ出すでしょう」

「あの」

色葉は、いよいよ口を挟んだ。

「私、なんだかあまりよく理解できないんだけど。……その宗教団体とうちの税金問題が、どう関係してくるんです？」

「だから、その宗教団体を」「うちらがのっとるんだよ」

西脇と夫の声が、見事にハモった。

「のっとる！」

色葉は、その言葉のいかがわしさに、思わず立ち上がった。

「ちょ、ちょっと待って。のっとるって、それ、犯罪の臭いがぷんぷんするんだけど！」

「犯罪ではありませんよ」西脇が、どうどう、と暴れ馬を宥めるように言った。色葉は渋々、ソ

ファーに体を戻した。

「まあ、言葉のチョイスが悪かったかもしれませんね。なにも、相手を騙してのっとると言っているのではありません。あくまで、継承。相手もそれを望んでいるのです。誰かに継承者になってほしいと」

「つまり……私たちに継承者になれと？　宗教法人の？」

あまりに現実味のない話に、色葉の思考も空回りするばかりだった。宗教法人を継承するということは、自分たちも宗教人になれということだ。宗教人といえば、修行したり、勤行したり、説法したり。……この無宗教の私たちが？

「あくまで、表向きの代表者になればいいだけの話です。古くからの信者もいないのだから、修行も説法もする必要はないのです」

西脇が、胡散臭い商品を売るセールスマンのように言った。続けて、

「ただ、息子さんの稼ぎは、宗教活動から得たものだとみせかける必要がある。……息子さんの動画、見させていただきました」

西脇が、書類の束から一枚、また抜き出した。それは、息子が運営している動画チャンネルの概要とアップ履歴だ。

「さすがというしかありません。チャンネル登録者数五十万超。どの動画も四十万回再生を超えていて、中には百万回を超えるものも。これじゃ、税務署から目をつけられてもおかしくない。収益も相当なものでしょう」

「……そのほとんどは、ゲーム課金とオンラインカジノで溶かしてしまいましたが」

色葉は、自嘲気味に言った。が、夫は、

「そうなんですよ、たいしたもんですよ、うちの息子は。ゲーム実況ジャンルでは、うちの息子は〝カリスマ〟とも呼ばれているようなんですよ」

と、自慢げにまた小鼻を蠢かせた。

「そう、カリスマ。それです。そこを利用するのです」

「は?」「はい?」

「カリスマというのは、文字通り、〝教祖的な能力を持つ人〟という意味です。実際、息子さんには、ファンも多い。コメントやチャットの内容を見ると、どの視聴者もまるで〝信者〟のように息子さんを崇めている」

西脇は、さらに書類の一枚を抜き出した。それには、息子の動画に寄せられたコメントやチャットが集められている。それはどれも息子を絶賛するもので、そして熱狂的なエールで溢れている。

「これはまさに〝宗教〟そのものです。宗教活動そのものなんですよ」

「いや、確かに、そうかもしれないけど……」

だからといって、本物の宗教とは訳が違う。

「宗教というものは、本来、指導者と、それに従う信者の存在で成り立ちます。そういう意味では、息子さんはすでに宗教活動をしている。息子さんはすでに、〝教祖〟なんです」

西脇の熱弁に、色葉の思考も彼の提案へとだんだん傾きつつあった。

そうか。うちの息子は、教祖なんだ。

それでも、やはり疑問はある。息子が教祖だとしても。そのなんちゃらっていう宗教法人とはまったく無関係だ。どう繋げるのだ。

「息子さんの動画を注意深く拝見して気がついたのですが、息子さんのトークの底には、キリスト教の教義が見え隠れしている」

は？　息子がキリスト教？　息子というより、息子が熱中しているゲームのコンセプトがそうなのだろう。確か、息子がハマっているゲームは、天使と悪魔の闘いがテーマだ。〝サタンウォーズ〟とかいうタイトルだったか。あの子が小学生の頃に買い与えたゲームだ。思えば、あれがすべてのはじまりだった。それまでクラスで一番の秀才だったのに、みるみる成績が下がり、ときには学校を休むことも。なにをしているのかといえば、寝食を忘れてゲームに没頭している。それが、いじめの原因でもあった。「我は、聖なる堕天使（ルシファー）なり」とか言い出して、クラスメイトに気持ち悪がられたのだ。家にいるときも、しきりに「堕天使、堕天使」と煩（うるさ）かった。堕天使ってなに？　となにげなく問うと、息子はいきなり熱く語り出した。

堕天使はそもそも天使の一人で、しかも神に一番近い、最も位の高い天使。が、あるきっかけで神に戦いを挑み……。

「わたくしがご提案している宗教法人もまた、その根底はキリスト教なんです」

西脇の言葉に、

「え？　キリスト教なの？」

と、色葉は腰を浮かせた。

いや、でも。

色葉は、テーブルの上の書類を手にすると、さきほどちらっと目に入ったその宗教団体の名前が書かれた書類を抜き出した。

『妙蓮光の会』。

どう見ても、仏教っぽい名前だ。

「キリストは釈迦如来の生まれ変わり……というのが、この宗教の根本教義です」

なに、それ。……いかにもインチキ臭いんだけど。

「ご安心ください。壺を売りつけたりするような霊感商法はしていません。真っ当な法人です」

「でも、その法人を引き継いだとして、なにか面倒なことになったりしませんか？」夫が、前向きに検討しますと言わんばかりに、質問をはじめた。

「先ほども言いましたが、俺たちは、無宗教。せいぜい、お盆にご先祖の墓参りをして、クリスマスにケーキを食べて、お正月に初詣に行くぐらいの、希薄な信仰心しかありません。そんな俺たちが継いだとしても、なにもできない。布教活動とか……」

「なにもする必要はないのですよ。妙蓮光の会は、そもそもそういう宗教なのですから」言いながら、西脇はまたもや書類を一枚抜き出した。「こちらは、妙蓮光の会の教義と活動ルールを簡単にまとめたものです。こちらをご覧ください」

西脇が、箇条書きされた最初の項目に人差し指を置いた。

『積極的な布教活動はしない』

と書かれている。

「え？　布教活動、しないんですか？」

「そうです」

「でも、宗教の要といえば、布教活動ですよね？」

「そうです。ですから、この世の宗教の大半はインチキだと言うのです」

「……は？」

「布教活動というのは、侵略と同意義です。たとえば、カトリック教会のひとつであるイエズス会は、かつて布教するという名目で世界中を回りましたが、結果、ポルトガルやスペインなどのヨーロッパ諸国の植民地が増えた。日本にもその危機があったのは、歴史の授業で習いましたよね？」

「はいはい、それで、徳川幕府はキリスト教を禁止にしたんでしたっけ？　ついでに、鎖国も」

「そうです。当時は、ヨーロッパによる世界侵略が進んでいた時代です。アジア、そして南米がその毒牙にかかりました。特に南米の侵略は残酷で、先住民はその多くが殺害されて、土地と資源を奪略されたのです。そして生き残った先住民はキリスト教に改宗させられ、奴隷とされました。日本もまた、その危険があったのです。遠藤周作の『沈黙』という小説にはその頃のキリスト教狩りが描かれていますが、わたくしから言わせると、ひどく偏った内容です。あれほどの弾圧をしないことには、日本は植民地となり、日本人は奴隷になっていたのは間違いないのですからね」

「そうやって考えると、宗教って、怖いですね」

「そうです。宗教とはそもそも、領地（テリトリー）を拡大するために発明された装置に過ぎませんからね。人類が世界に散らばる過程で、ひ弱な人類が生み出した、武器に他ならないのです」

「宗教が……武器？」

「そうです。見えないなにかを信じる……つまり想像力というのは、人類にだけ与えられた特性なのですが、その想像力を最大限に利用し、そこにはいない、見えないものを〝いる〟と信じ込ませ、人々の気持ちをひとつにまとめる。それがすなわち、〝宗教〟の正体です。その証拠に、原始においては、シャーマンこそが指導者であり、権力者だった。人類は、シャーマンの導きにより団結し、そして住む場所を拡大していったのです」

「つまり、人類が世界中に広がり、世界を制覇できたのは、宗教のおかげだと？」

「そうです。宗教なくして、人類の発展も繁栄もあり得ません。宗教がなかったら、人類はもっと早い段階で絶滅していたことでしょう。なにしろ人類はひ弱だ。知能という武器はあっても、一人ではなにもできない。無人島に残された人間がなにもできないようにね。人類がここまで繁栄したのは、団結力があったからこそです。その団結力の接着剤になったのが、宗教なんです」

「でも、日本人は無神論者が多いけど」

夫が、反論するように言葉をさしはさんだ。

「いえいえ、日本人ほど、神を信じたがる国民はいません。そこらじゅうに神がいて、疫病ですら、神とみなします」

「八百万（やおよろず）の神ですか」

「そうです。だから、さきほどあなたが言ったように、お盆にご先祖の墓参りをして、クリスマスにケーキを食べて、お正月に初詣に行くのです。キリスト教のように一神教でないだけで、日本人ほど信心深い国民もいないでしょう」

「なるほど……」

「妙蓮光の会が目指すのも、まさに、そういう日本人の昔ながらの信仰心です。強要されることなく、自ら、無意識のうちに神に感謝し神に祈る。それこそが、真の宗教であると、妙蓮光の会の教義には記されています。そう、大切なのは〝自発性〟。だから、布教活動は禁止されているのです。布教活動、それはすなわち、戦争にほかなりませんからね」

「布教が、戦争？」

「戦争というのは、正義と正義が食い違ったときに起こるもので、そのトリガーとなるのは宗教であることが多い。自分が信仰する神こそが一番、いや、自分の信仰する神こそが……という食い違いが、戦争に発展するのです」

「まあ、確かにそういう側面はありますね」

「妙蓮光の会は、戦争などの争いを最も嫌います。だから、布教活動を禁止しているのです」

「ああ、なるほど、なるほど」

夫が、深く何度も頷く。見ると、その手には、妙蓮光の会の教義がまとめられた用紙。夫は、それを食い入るように見ている。

色葉の背骨を、なにかいやな予感がむずむずと這う。

原野商法に騙されたときも、夫はこんな顔をしていた。

以前、マルチ商法に騙されたときも。

でもでも。

今回は、それまでの詐欺とは根本的に違う。なにしろ、目の前にいるのは西脇で、彼は弁護士だ。西脇は私のことをずっと好きでいてくれて、だから、こうやって助けに来てくれたのだ。そう、言ってみれば、ホワイトナイトなのだ。

「布教活動をしなくていいというなら、おれらにもできるかもな?」

夫が、色葉に視線を送った。

え? ちょっと、待って。マジで、妙蓮光の会を継ごうっていうの?

宗教法人だなんて、私たちには無理よ!

色葉は、慌てて、断る理由を探した。

「でも、うちの人は公務員。公務員の副業は禁じられているよね?」

色葉は、西脇に向かって言った。

「宗教は営利目的ではありませんので、その点は大丈夫です。実際、住職をしながら公務員をしている人もいらっしゃいます」

「え……でも……」

「ご心配なら、息子さんに継承させればいいのです。そもそも、息子さんの税金対策なんですから」

「うん、そうだな。悪い話じゃないな」

夫が、濁りのない目をして頷いた。

「ここは、西脇さんにお任せしようじゃないか。でなければ、おれたちは路頭に迷う。まずは目先の危機を回避しないと」

確かに、そうだけど。

でも、目先の危機を回避するために選択するには、あまりに大きな決断だ。宗教法人だなんて。あまりに、絵空事すぎる。

色葉は、居ても立ってもいられない気分になった。

「あー、ごめんなさい。お茶も出さないで」

と、慌てて立ち上がると、キッチンに向かった。

そして、キッチンの床下収納から、いつものアレを取り出した。

これに頼るようになったのは、いつ頃だろうか。……そう、息子がいじめの加害者になって、中学校を追放されたときだ。

いじめられっ子が、いじめっ子に転換するのはよくあることだ。自己防衛のひとつとして、加害者側に回ったのだ。息子をそこまで追い詰めた学校側にも責任があると何度も訴えたが、世の中は、加害者には冷たい。

近所から陰口を叩かれ、ネットの匿名掲示板でも炎上し、色葉のメンタルもズタボロに擦り切れた。呼吸をするのもやっとだった。そんなときに寄ったコンビニで、たまたま目についたカラフルな容器。見ているだけで少し気持ちが軽くなった。

……これを飲めば、この容器のように爽やかな気分になるだろうか？

まさに藁にも縋る気持ちでそれを購入し、飲んだ。すると、期待通り、いやなことがすぅぅぅっと消えた。さらに解放感に満たされた。それは短い時間だったけど、色葉にとってはかけがえのない、救いの時間になった。

最初は、一日に一度の、自分へのご褒美だった。それが、二度、三度と増え、今では、一日に十本は飲むときがある。体にいいはずがない。それは重々わかっている。でも、飲まずにはいられない。飲んでいるときだけ、生きている実感を得られるのだ。

栓に指をかけたときだった。

二階から、いつもの騒々しい音。……息子が配信をはじめたようだ。

まったく、なんて呑気なんだろう。あんたのせいで、私はアルコール依存症になっちゃったというのに。しかも、税金のことで崖っぷちに立たされているのに！

「おーい、色葉」

今度は夫の声。足音が、近づいてくる。

色葉は、手にしたアレを床下収納に戻すと、慌ててお茶の支度をはじめた。

「西脇さんの提案、悪くないと思うけど、色葉はどう思う？」

夫が、ドアの隙間から顔を覗かせた。

「……宗教法人なんて、私たちには無茶よ」

「確かに、そうだな。ママにも相談してみるかな」

「…………」

「っていうか、二階、今日は特別にうるさいな。あいつ、腹でも減ってんじゃないのか。飯（メシ）は届けたのか？」

「さっき、二階を覗いたら、朝食がそのまま残ってた」

「あいつは好き嫌いが激しいからな。……そうだ。久しぶりに寿司でもとるか。西脇さんもいることだし」

寿司だなんて。……あなたもなんて呑気なの？　そんな余裕は——。

ああ、頭がぐらぐらする。……もう立っていられない。

夫の気配がなくなったのを確認すると、色葉は床下収納を今一度開け、そしていつものアレを握りしめた。

一口だけ。そう、一口だけ、飲ませて。

「おーい、色葉」

なのに、また夫の声に邪魔される。

「寿司はなにがいい？　松竹梅、どれがいい？」

そんなの自分で決めてよ！

ああ、五月蝿い！

「なぁ、色葉、聴いてるか？」

「竹でいいんじゃないの？」

色葉は、早口で返した。

「あ、それと。あの子の好きなサラダ巻きも頼んでおいてね」

6

「いやだ。食べてない」

色葉は、息子の部屋の前で、大きく肩をすくめた。

ドアの前には、夕食のサラダ巻きがそのまま残されている。これで、三日目だ。朝食と昼食と夕食、どれも手付かずのまま。

思わず、ドアをノックしそうになる。が、拳を作ったところで、色葉はその手を静かに下ろした。

一度、ノックしたことがある。そのとき、殺されそうになった。ドアの隙間から拳銃がにょきっと現れたのだ。もちろん、モデルガンかなにかだろう。本物ではない。脅しただけだ。でも、それはひどく色葉の心を傷つけた。粉々になったといってもいい。

夢でありますように。夢だったら、早く醒めて。そんなことを呟きながら、ワインとブランデーを立て続けに何杯も飲んだ。

産まなきゃよかったんだろうか。

それまで何度も封印してきた後悔が、明瞭な輪郭を持ったのはそのときだ。

そうだ、産まなきゃよかったんだ。

そしたら私は、自由だった。もっとのびのびと人生を謳歌することができたはずだ。なのに、今の私は、すっかりあの子に束縛されている。心も体も。心配事も不安も、すべてあの子が由来だ。あの子のせいで、外出すらままならない。

まるで、監禁されているようだ。

側（はた）からは、引きこもっているあの子が監禁されているように見えるだろう。が、実際は違う。監視され監禁されているのは、私のほうだ。あの子は、ドアの向こう側から、私をいいように操作し、縛り付けている。

こんな状況、いつまで続くの？

やっぱり、産まなきゃよかった。

できることなら、二十年前に戻りたい。あの子を宿す前に。そしたら、今度こそ、子供は作らない。いや、結婚だってしない。

非婚化と少子化が問題になっているが、その理由は簡単だ。独りのほうが楽だからだ。自由だからだ。たとえ貧困に喘いでも、その果てに孤独死したとしても、そちらのほうがよほど、幸せだからだ。……そのことに、多くの人が気がついてしまったのだ。

そうだ。昨日の同窓会で会った人たちも、非婚者たちはのびのびとしていた。着ている服がファストファッションだとしても、ハイブランドを着た既婚者より晴れ晴れとしていた。

いっそのこと、離婚しようか？

息子のことも税金のことも、夫に押し付けて逃げ出してしまおうか？

そんなことを考えながらリビングに行くと、夫が背中を丸めて、書類にかじりついている。書類は、西脇が置いていったものだ。

「ね、あなた。あの子、また食事に手をつけてないの。あなたから、なにか言ってよ」

「うん？」

あからさまに生返事。

ほんと、こういうところ、腹が立ってしかたない。夫は、息子の現状を見て見ないふりをしている。いや、自分には関係ないと思っている節すらある。なんなら、こんなことになったのはすべて母親のせいだと思っている。だから、毎回、生返事で誤魔化す。

もっと、真剣になってよ。

あなたの子なのよ?

「そんなに気にするなよ。そういう年頃なんだよ」

はぁ? また、そんなことを言って!

「だって、もう三日も、飲まず食わずなのよ?」色葉は、声を荒らげた。「あなた、部屋の中、見てきてよ」

「大丈夫だろう。あいつ、おれたちがいない間に買い出しに行っているみたいだよ。きっと、どこかのコンビニかファストフードショップで食べたいものを買ってきて食べているんじゃないか?」

「それって、つまり、私が用意したものは食べたくないってこと? 私、栄養とカロリーを考えて作っているのよ? 食材だって無農薬とかにこだわって——」

「あの年頃は、栄養もカロリーもくそもないんだよ。ジャンクなものが食べたくなるものなんだ。君もそうじゃなかった? いかにも体に悪そうなハンバーガーとか、食べてなかった?」

「……まあ、今でも時々、食べたくなるけど」

「だろう?」

「だからって、あんなの、毎日食べたら、絶対ダメよ」

「まあ、今だけだろ、歳取ったら、自然と、ああいう脂っこいものは受け付けなくなる。ジャンクフードを毎食食べられるのは、若さの特権だ」

「そんなことより？　息子のことは、「そんなこと」なの？　怒りが再び、込み上げてくる。

「西脇弁護士が提案してくれた、妙蓮光の会の居抜きの件。悪い話じゃないと思うんだ」

夫が、書類の一枚を抜き出した。それは、運営譲渡の契約書だった。あとは、こちらでサインすればいいだけになっている。

夫は愛用の万年筆を手にしている。

「サイン、するの？」

「するしかないだろう。だって、カウントダウンははじまっているんだよ？　放っておいたら、財産も家もすべて、差し押さえになる」

「でも」

「躊躇している暇はないんだよ。善は急げだ」

あなた、前にも同じことを言っていた。そう、原野商法に引っかかったときだ。

「躊躇している暇はないよ。今すぐに買わないと、誰かの手に渡る。善は急げだ」そう言いながら、この人は、その万年筆でサインをした。行ったことも見たこともない、最寄りの駅から車で一時間以上かかるような、千葉の奥地にある山林。近々、鉄道が通る予定だとかなんとか言われて、急かされるように買ったはいいが、不動産会社は倒産、仲介したブローカーも姿を消した。もちろん、鉄道が通る計画なんてない。残ったのは、なんの価値もない山林と、借金と、毎年発生する固定資産税。

「あ、そうだ。あの千葉の土地」

夫が、目を爛々(らんらん)とさせて、こちらを見た。まるで、プラモデルに興じる少年のような目だ。

「あそこを拠点にしたらいいんじゃないかな？」

「あの原野のこと？」

「そう。あそこに、白亜の城のような教団施設を建ててさ」

「あなた、なにを言っているの！　冗談はやめてよ」

「冗談じゃないよ、本気だよ。せっかく宗教法人を受け継ぐんだからさ、ちゃんとした拠点は必要だと思うよ。ゆくゆくは、海外進出もしてさ」

「あなた！　だから、冗談は……」

いや、冗談ではない。この目は本気だ。この人、マジで、教団のトップになろうとしている。そう、神様(カリスマ)に。

「でも、おれは、指導者向きではないんだよね。それはわかっている」

夫が、自嘲しながら肩を落とした。そして、

「だから、神様には、やっぱり、あいつがなるべきなんだ。あいつなら、できると思う。事実、五十万人超えの信者(フォロワー)がいるんだから」

「あの子には無理よ。そんなの、務まるとは思えない」

色葉は、夫には聞こえないように弱々しく呟いた。

二章

7

いつもの夢を見た。

人を殺す夢だ。殺すだけではない、その体を刻んで刻んで。

あの夢を見るたびに、思う。もしかして、夢はもうひとつの世界(パラレルワールド)で、もうひとりの自分があちらの世界に生きているのではないかと。自分が選ばなかった運命を生きている、もうひとりの自分がいるんじゃないかと。

だとしたら、向こう側の自分はなんという愚かな運命を選んだものか。

しかし、こうも思う。

あちら側の自分も、こちら側の自分の夢を見て、「なんという愚かな運命を選んだものか」と、憐(あわ)れんでいるのかもしれない。

確かに、そうだ。

今の自分は、あまりに愚かだ。

久斗は、そこに誰の気配もないことを確認すると、ドアを薄く開けた。

そこにあるのは、冷めかけた朝食。焼きすぎのトーストとゆで卵と牛乳。

日に日に、貧相なメニューになっている気がする。いや、気がするではなく、実際そうだ。数ヶ月前までは、少なくとも炊き立てのご飯と程よい熱さの味噌汁とふっくらした卵焼きと切れ目の入ったウインナーが三本と季節ごとの野菜のおひたしと、そしてバナナが数切れ載ったヨーグルト。

が、いつの頃からか、ご飯がトーストになり、卵焼きがゆで卵になり。いや、ゆで卵ならまだいいほうだ。昨日なんて、生卵だった。しかも、焼いてもない食パン二切れ。その前は、あんぱんと牛乳。手抜きを絵に描いたようなメニューだ。

でも、まあ、それでも悪くない。手をかけた朝食を出されても、嫌なプレッシャーしかない。

「私は朝早く起きて、あなたのために朝食を作っているのよ。こんな息子でも、あなたが可愛いのよ。だから、分かってちょうだいね、この母の愛を」

と、暑苦しい母性愛を押し付けられているようで、ひどくうざかった。

しかも、ドアの向こうで、わざとらしく啜り泣き。

勘弁してくれよ。

おれはただ、放っておいて欲しいだけなんだ！

おれは、いたって正常なんだからさ！

……そう、おれは正常なんだ。

異常なのは、ママのほうだ。パパのほうだ。学校のほうだ。世界のほうだ！

なんてね。どっかのロックスターが歌ってそうなフレーズだな。我ながら、ちょっと恥ずかしい。

久斗は、ドアの隙間から朝食をトレイごと引き寄せると、あえて野蛮な音を立てて乱暴にドアを閉めた。こうすると、ママもパパも安心するのだろう。いわゆる、生存確認の音だ。

今日も、一応、息子は生きているらしい。

そう確認すると、二人はドタバタと家を出て行く。

パパは仕事に。ママは……。

ママは専業主婦のくせに、最近、出かけることが多い。朝食が手抜きになったのも、それが原因だろう。

いったい、どこに出かけているんだろう？

まさか、浮気？

まあ、どこに行ってもいいけど。

あいつがいないと、心から解放される。

久斗は、朝食を一分で平らげると、耳を澄ました。家には誰もいない。よし、今だ。

久斗はドアを開け放ち、一階のリビング目指して、階段を駆け下りた。

†

『久斗、いる？』

ヒロシが画面の中から話しかけてきた。

ヒロシは、いわゆる仲間だ。やつの素性はよく分からないが、今では親友同然だ。

「うん、いるよ。ウイスキー飲んでいるところ。かあちゃんが隠し持ってんだ。それをとってきた」

『酒？　マジか？　未成年なのに』

「未成年ってさ、法律が勝手に決めたことだろう？　なんの意味もないよ」

『でも、法律で禁止しているからには、なんか意味があるんじゃないの？』

「ないよ。だって、大昔は子供の頃から飲んでたじゃん。海外に目を向ければ、水代わりに酒を飲んでいる国だってあるんだよ。十九歳は飲んじゃダメだけど、二十歳になったらOKなんてさ。その線引き、馬鹿馬鹿しくない？　十九歳と二十歳のどこが違うんだって話だよ」

『相変わらずの屁理屈だなぁ』

「未成年とか成人とか関係ないんだよ。だって、うちのかあちゃんなんて、いい大人だけど、立派なアル中。未成年とか成人とかが問題じゃなくて、酒の飲み方が問題なんだと思うよ？　おれなんて、牛乳で割って飲むんだからさ、体には優しいんだよ」

『それこそ、屁理屈。なんで割ろうと、酒は酒だよ』

「っていうか、ヒロシ、うるせーぞ、切るぞ」

『ごめん、ごめん。君はすぐに怒るんだから』

「で、今日はなんの用事？」

『いや、なんか、君の様子が気になってね。大丈夫？』

人の心配なんかしている場合かよ。まずは、自分の心配をしろ。おまえ、学校はどうした。

久斗は、コップにウイスキーを半分注ぐと、そのあとに牛乳を注いだ。

　これで、二杯目だ。

『酒の量、大丈夫か？』

「ちゃんとコントロールしてる。それに、おれは酒には強いんだ。このぐらいだったら、屁でもない。そんなことより、おまえはどうなんだよ？　また、いじめられたのか？」

　ヒロシは、典型的ないじめられっ子だったらしい。小学校の頃に、肛門にモップの柄を突っ込まれて、大腸が破裂しかけるほどの大怪我をして全治二ヶ月。なのに、主犯のいじめっ子はお咎めなし。それ以来、人間不信に陥った彼は、不登校児となり、現在に至る……とのことだ。

「なぁ、ヒロシ。おれたちのこと、世間ではなんていうか知っている？」

『ネクラとか？』

「違う。〝引きこもり〟」

『引きこもり？　そうかな？　だって、こうやって他者と会話も成立しているし、君なんて、時々リビングに下りて、酒とか物色してるじゃん。全然、引きこもりなんかじゃないと思うよ』

「それでも、世間ではそう呼ぶんだよ」

『納得いかないなぁ。引きこもりっていうのは、どこかに閉じこもって、外界との接触を一切断つことをいうんじゃないの？　ほら、先ごろ、ニュースになってたじゃないか。部屋に閉じこもっていた男が、瀕死状態で見つかったっていう事件。ああいうのを、引きこもりっていうんじゃないのかな？』

「あれは、引きこもりっていうより、監禁だろう？」

言いながら、久斗はテレビのリモコンを押した。

先週だったか。とある郊外の住宅の一室で、死にかけた男性が救出された。凄まじい虐待の形跡があり、その残虐性がマスコミの餌食になった。連日、このニュースをやっている。案の定、今日もやっていた。

くだらない。

この世には、もっともっとひどい虐待を受けているやつはごまんといる。でも、ニュースにもならない。世間も気にかけない。

なのに、なんで、この男はここまで注目されるのだろう？　不公平じゃないか？

ある意味、この男は運がいい。こうやって世間に認知されたのだから。同情されたのだから。

一方、ヒロシは、運に見放されている。ヒロシがされているいじめや虐待は見過ごされ、そして、同情もされない。

『そんなことより、ね、僕、学校に行ったほうがいいかな？』

ヒロシが、弱々しい感じで問いかけてきた。

「学校に行くの？　なんで？」

『お母さんが泣くんだよ、学校に行ってくれって。今日もさ』

「ヒロシが行きたいなら行ってもいいけど。誰かに強要されて行くなんて、ナンセンスだよ。で、ヒロシは、学校に行きたいの？」

『どうだろう』

「なら、行くなよ」

『でも、学校には行ったほうがいいって、お母さんが。昨日は担任までやってきて、そう言うんだ』

「なら、こう言い返してやれ。なんで学校に行かなくちゃいけないんですか？　って。学校なんて、既製品工場のようなものじゃないですか。社会にとって管理しやすくて都合のいい既製品を作るのが、〝学校〟の目的でしょう？　それって、今流行(はや)りの〝洗脳(マインドコントロール)〟じゃないですか。同じ服を着せて、同じような行動を促して、右を向けといえば右に向くように仕立て上げる。学校なんて、サティアンのようなものですよ。そして、生徒は従順な信者。そう、学校なんて、カルト集団のようなものですよ！って」

『言うね』

「だって、本当のことじゃない」

『でも、部屋に閉じこもっているだけだと、なんか、家畜になったような気分で、時々いやになるんだよ』

「家畜？」

『狭い部屋に閉じ込められて、餌を与えられて。これって、もはや、家畜じゃないか？』

「違うよ。家畜は、おれたちのように自分の意思で閉じこもっているわけではない。閉じ込められたんだよ。そう、この男のようにね」

　久斗は、テレビに視線を定めた。

名前も年齢も分からない、監禁男。誰の仕業なのか、その目的も、分からない。謎が謎を呼ぶ事件だと、コメンテーターがやたらと煩い。

まさに家畜だな。監禁されていた男は、家畜の運命がそうであるように、殺される運命だったんだ。

「ヒロシ、いいか。よく聞け。おれたちは、誰にも命令されず、誰の指示も受けず、自由意志で、今の状態にあるんだ。だから、おれたちは、家畜でも信者でもない」

『自由意志か。なんか、かっこいいね』

「そうだよ、おれたちは、かっこいいんだよ」

『君と話していると、いつも元気がでるよ、ありがとう』

「こっちこそありがとう。ヒロシと話していると、なんだか、癒される」

『それは、悪口？』

ヒロシは、被害妄想がひどい。褒め言葉でも、こうやって悪口にとってしまう。このネガティブさは、ヒロシの弱点だ。でも、きっと、いじめが原因なんだろう。そう思うと、それを指摘する気にもなれない。

「悪口じゃなくて――」

『久斗くん、いる？』

あ。ナオミだ。

『ね、久斗くん、今から、いい？　いつものところで待っている。いつまでも待ってる』

は？　なに言ってんだよ、ナオミは。こいつは毎回そうだ。一方的に自分の要求を突きつけてくる。こちらの都合など一切、考えず。

『行ってやりなよ』

ヒロシまでそんなことを言う。

『じゃ、僕はもう落ちるね。ナオミによろしく』

おい、ヒロシ、待てよ！　ヒロシってば！

8

久斗がいつものところに到着したのは、昼前だった。

国道沿いにあるファミリーレストラン。最寄駅はみっつほどあるが、どの駅からも徒歩三十分以上。そう、ここは、車で立ち寄るのが前提の店だった。

予定より、遅くなった。久斗は、自転車を駐輪場に停めると、足を引きずりながら自動ドアに向かった。自宅からここまで、自転車で約六十分。ここに来るまでずっと緩い上り坂になっているので、毎回、ぜぇぜぇしてしまう。シャツの下も汗だくだ。一体全体、なんでこんな思いをしてまで、ナオミに付き合わなくちゃいけないんだ。好きだから？　まさか。アウトオブ眼中。まったくタイプじゃない。それでも、仲間だから、放っておけない。

「らっしゃいませぇ」

おざなりな声が飛んでくる。

「らっしゃいませぇ」

また、飛んできた。全然、歓迎している感じじゃない。むしろ、「今、混雑しているの、分からない？　なんでこんな時間にわざわざ来るのよ。あーあ、ほんと、ますます忙しくなる」という愚痴にしか聞こえない。

それでも久斗は、年季の入ったおばちゃんウエイトレスの制止を振り切り、巨大なベンジャミンの観葉植物目指して窓際の席に向かった。案の定、ナオミの姿を見つけた。

ナオミはすでに、食事を済ませたようだ。食べ散らかした皿が数点、テーブルを占領している。

ナオミは、過食と拒食を繰り返しているが、今は、過食のタイミングらしい。

「久斗くん、なんか酒臭い？　ってか、マジで遅い！」

ナオミが、手にしたフォークを皿に投げおいた。

まったく、相変わらず不躾な女だ。本当なら、こんなやつ、相手にしたくない。

「ごめん。いつもの道が工事中でさ。迂回してたら、変な畦道に出ちゃって、泥にハマった」

「クソみたいな言い訳、やめて」

「言い訳じゃないよ、全部、ほんと。もっといえば、着地に失敗して、足をちょっと挫いた」

「着地って？」

「二階の自分の部屋から柿の木とゴミ箱を伝って地上に下りるんだけど、いつもならそこにあるはずのゴミ箱がなくなっていて、足を踏み外した」

「なんで、そんな泥棒みたいな真似を？　玄関から出ればいいだけじゃん」

「まあ、そうなんだろうけど。一応、引きこもりを気取っているわけだから、外に出ていることを両親には知られたくなくてね」

「なるほどね。……なんか、それ、分かる」

ナオミと縁が切れない理由のひとつ。彼女は絶対、否定しない。どんな馬鹿馬鹿しいことでも、「それ、分かる」と肯定してくれる。本当に分かっているのかどうかなんか問題じゃない。うちの親とは正反対だ。あの二人は、なんでもかんでも、「でもね」と否定してくる。そして、自分の意見や主張を押し付けてくる。

「それだけじゃない。着地したとたんに、マ……かあちゃんが帰ってきた。で、大慌てで自転車を引っ張り出したんだけど、そのときに、挫いた足をタイヤでひいた。まさに、踏んだり蹴ったり」

「やだ、久斗くん、もしかして、大誅鬼？」

だいちゅうき。ナオミがよく口にする言葉だ。なんでも、十二年に一度めぐってくるという、最低最悪な時期を言うらしい。久斗は一度、その言葉を辞書で調べたことがある。でも、載っていなかった。それもそのはずだ。この言葉は、ナオミが信仰する宗教が独自に生み出した言葉だ。

いや、正確には、ナオミの親が信仰する宗教。ナオミは生まれたその瞬間に自動的に入信していたというから、そこにナオミの自由意志は存在しない。

それでも、小学校までは、それを疑問には思わなかったらしい。毎朝の祈りも、毎晩の集会も、日常の一部だったという。疑い出したのは、とある子役事務所に強制的に入れられたときだ。

「お布施のためよ。あなたも、お布施するのよ」

と、母親にいくつも子役のオーディションを受けさせられた。ナオミは、今はこんなだけど、小学生の頃までは美少女だったらしい。オーディション合格率は七割と高く、有名な企業のCMにも多数出演している。ある連ドラの出演が決まったときは、長期間、学校を休まされた。この頃から芸能活動優先の生活がはじまり、学校にはほとんど行かなくなる。いや、行かせてもらえなくなる。

久斗と違って、ナオミは学校が大好きだった。一方、芸能活動は苦痛だった。セクハラ紛いの屈辱も多く味わった。それでも、母親は、芸能活動を優先させた。

「これは、修行なのよ。修行が辛ければ辛いほど、ステージが上がるのよ。神の世界に近づくのよ」

この頃からナオミは、母親とそして宗教を強く疑いはじめる。

決定打となったのは、ドラマでの入浴シーン。みんなが見ている前で全裸になることを強要された。小学六年生のときだ。

見たこともないようなおじさんがわんさか撮影現場に見物にやってきて、ナオミは恥ずかしさのあまり、逃げ出した。

それでも引き戻されて、服を剝ぎ取られた。

ナオミの心が、死んだ瞬間だ。

その日以来、ナオミは過食を繰り返すようになった。醜く太れば、芸能活動をしなくて済む。そんな思いからだ。実際、ナオミの仕事は激減した。が、あんなに焦がれていた学校にも行けなくなった。

「あの子、めちゃ太ったよね」

という悪口を耳にしたのが理由だ。

それをきっかけに、今度は拒食症になる。中学一年生の頃だ。

……そんな話を聞かされたのは、半年前だろうか。

このファミレスで、はじめて会ったときだ。

ナオミは、今年で十六歳。しかし、学校にはほとんど行っておらず、病院と家を行ったり来たりしているんだそうだ。

「病院は？」

メニューを開きながら、久斗は質問した。訊くべきかどうか、ここに来るまでずっと迷ってたけど、結局、訊くことにした。少しでも疑問があったら、できるだけ早くそれを解消すること。でなければ、疑問は疑惑に化け、さらにそれは雪だるま式に巨大になり、ついにはとんでもない怪物(ファントム)になる。この世の中の不幸は、大概、このファントムが原因だ。スクリーンに大写しされたネズミほどの小さな疑惑の集合体に、人類は長い間苦しめられている。それはいつしか恐怖となり、悪魔となる。それを克服するために、人類は神を生み出した。宗教のはじまりだ。そう、まずは恐怖が先にあり、そして、宗教というシステムを捻り出したのだ。そういう意味では、ナオミは今、恐怖の真っ只中にいる。その恐怖のきっかけとなったのが宗教なのだから、とんだ矛盾だ。

世の中は、矛盾だらけだ。この矛盾がまた、新たな恐怖を生むのだ。

「病院？」

ナオミが、老人のようにゆっくりとした動きで、ポシェットから袋を取り出した。まるまると太った袋の中身は、言わずもがな、薬だ。……今のところ、この薬だけが、ナオミを恐怖から救ってくれている。いってみれば、神のような存在だ。

「今は、一時帰宅中。でも、明日には、病院に戻る。だって、家のほうが病院よりヤバいもん」

言いながら、ナオミは慣れた手つきで錠剤をいくつか手のひらに載せると、それをラムネのように口の中に放り込んだ。

「笑っちゃうでしょう？　家のほうがヤバいなんて。あの女ったら、薬を隠そうとしたんだよ？」

あの女とは、母親のことだ。

「薬にはなんの効果もない。あなたには悪魔が憑いているのだから、悪魔祓いをするしかない……とか言って。もうマジでヤバすぎて。あいつら、本気でエクソシストみたいな真似をしようとしている」

「エクソシスト？」

「観たことない？　ホラー映画の『エクソシスト』」

「ああ、少女の首がくるっと回るやつ？」

「そう。あの女には、うちのことがあの映画の少女のように見えるみたいなんだ。マジで勘弁してって感じ。悪魔に憑かれているのは、むしろ、あの女のほうなのに」

「だから、逃げ出してきたの？」

「ピンポーン」

「もしかして、ここで無銭飲食しようとしていた？」

「まさか。そんなことしないよ。だから、久斗くんを呼び出したんだよ」

「なるほど。おれは金蔓(かねづる)ってわけか」

「っていうか、お金、持ってきてないの？」

「安心しろ。ちゃんと持ってきた」

「よかったぁ。……安心したら、またお腹減ってきちゃった。チョコレートパフェも頼んでいい？」

「まだ食うの？」

「久斗くんも、なんか頼めば？」

「おれ、さっき、朝ごはん、食べたばっかりだしな。なにか飲み物を頼むよ」

「じゃ、これ、飲んでよ。まだ口つけてないからさ」

ナオミが、ホットミルクのカップをこちらに滑らせた。

でも、すっかり冷めている。でもまあ……、ありがたくいただくよ。

と、一口啜(すす)ったときだった。

ナオミが、突然激しくえずきだした。

ヤバい！　と思ったのも束の間、ナオミは、胃に溜め込んだものを盛大に吐き出した。

久斗は、一万円札をテーブルに置くと、そのままナオミを抱えて逃げるようにファミレスを出た。

そして自転車の荷台にナオミを乗せ、一目散にファミレスを後にした。とにかく、逃げなくちゃ！

どのぐらい走ったか分からない。

気がつけば、川べりに出ていた。

「うちら、自殺するの？」

後ろでしがみついていたナオミが、唐突にそんなことを言う。

「自殺？　なんで？」

「だって、ここ、自殺の名所じゃん」

「そうなの？」

「先月も、遺体が見つかったってさ」

「よく知っているね」

「だって、ここ、よく来るもん」

ふいに、電柱の街区表示板が目に入った。ああ、そうか。ここ、ナオミが入院している病院の近くなんだ。

「先月の遺体は、うちの隣の部屋だったおばあちゃん。その前の月に発見された遺体は、面識はないけれど、同じ病棟のおじいちゃん。その前の月に――」

「え？　自殺しているの、全員、同じ病院の患者なの？」

鳥肌が立つ。久斗は、急ブレーキで自転車をとめた。

「ここは、三途（さんず）の川なんだってさ。だから、うちも死ぬときはここかなぁって」

「…………」

「やだ、そんな顔しないでよ。まだ死なないよ。だって、やりたいゲームはたくさんあるし、少なくともあのゲームの新作をやるまでは、絶対、死なない」

久斗とナオミを繋げたのは、ゲームだ。ナオミは久斗以上にゲームにのめり込み、強制的に入院させられたのも、ゲームが原因だ。寝食を忘れてほぼ二十四時間ゲームに没頭した結果、気を失ったのだという。目が覚めたら、白い病室。

しかし、ナオミは十六歳にして、なんて波瀾万丈な人生を歩んでいるのだろう。少し、羨ましい気もする。

自分なんて、生まれてこの方、特筆するようなことはほぼない。凡庸な両親のもとに生まれて、中流の暮らしをして、学校の成績も平均値、優秀でもなければ、落ちこぼれでもない。このまま、可もなく不可もない中途半端な人生が続くのかと思ったら、とてつもなく嫌気がさした。そして、久斗が選択したのは引きこもりの生活だ。ゲームに熱中して引きこもりになったという武勇伝でもあれば、自分に子供ができたときに少しは自慢できるような気がした。そう、アウトサイダーを気取りたかった。が、ナオミとかヒロシのような本物のアウトサイダーを見ていると、気が滅入る。自分には無理だ……という絶望で、頭が重くなる。

と、そのとき、一際冷たい木枯らしが川のほうから吹いてきた。

久斗は、思わず、体のバランスを崩す。と、同時に、先ほど挫いた足に違和感を覚える。ズボンの裾をめくってみると、くるぶしからその上が、大根ほどに腫れ上がっている。その色は赤褐色の人参のようで、触ると熱ももっている。

不思議なもので、それまでさほど感じなかったものがビジュアルとして見てしまうと、途端に痛さが増幅する。

「いってー！」

久斗は、尻餅をつくと、激しく喘いだ。

「マジで、痛い、これはヤバい、どうしよう？」

泣き言が止まらない。

「久斗くん、大丈夫？」

「全然、大丈夫じゃねぇ！」

「おっかしいな。全然効いてないじゃん」

「え？」

「それとも、もう切れちゃったのかな？」

なにを言っているんだ？　久斗は喘ぎながらも、ナオミの顔を凝視した。

あ、まさか。あのホットミルクか？　確かに、なんか変な味がしたんだよ。甘さの中に苦味があるというか。でも、気のせいだと思った。ウイスキーの苦さが口の中に残っているせいだと。

「じゃ、追加しておくね」

言いながら、ナオミがなにか錠剤を久斗の口に押し込んだ。

それを拒否することも、押し返すこともできない。

錠剤は舌の上であっという間に溶けて、猛スピードで体に吸収されていく。

全身がふわっと浮いたようになり、力が抜けた。

「じゃ、今度は久斗くんが、荷台に乗ってね」

なされるがまま。

久斗は、遠のく意識を引き止めもせず、すっかり軟体動物と化した体をナオミに預けた。

「久斗くん、割と重いね。見た目は女の子のように華奢(きゃしゃ)なのに、やっぱ、中身は男だね」

ナオミが、茹で蛸のように真っ赤な顔をして、久斗の体を荷台に乗せる。

「じゃ、久斗くん、行くよ。うちの体にしっかり摑まっていてね」

落ちないでね。この言葉がある種の暗示となり、久斗は残った力をすべて手の先に集めると、ナオミの腰に巻きつけた。

見かけと違って、割とふくよかだ。そして、あったかい。まるで、高級な羽毛クッションにしがみついているようだ。

「じゃ、久斗くん、行くよ」

行くって、どこへ？

しかし、久斗の意識はここで、完全に溶けた。

9

ここは、どこだろう？　自分の部屋か？

いや、違う。ニオイが違う。湿度が違う。

自分の部屋は、こんなにジメジメしていない。なにより、このニオイ。

なんのニオイだ？

もしかして、また、夢を見ている？

いつもの夢を？

だったら、もう起きなくちゃ。

このまま夢を見続けていたら、とんでもない不幸に見舞われそうだ。


久斗は、いつものように、右手の指をひとつずつ折った。引き続き、左手の指をひとつずつ折る。そして勢いをつけて、それらを一度に開く。そうすると、一気に眠気が吹っ飛ぶ。

なのに、今日は、その動きはひどく難儀なものだった。指が動いているのかどうかもよく分からない。というか、指の感覚がまったくない。どこに指があるのかさえ分からない。

どうしちゃったんだ？　おれ。

目も開けられない。

いや、目は開いているはずだ。ただ、真っ暗でなにも見えない。

宇宙空間に放り出された飛行士のようだ。右も左も前も後ろも上も下も、分からない。

今、どこにいるんだ？　おれ。

あ。ちょっと待って。

音だ。音が聞こえる。

とんとんとんとん。階段を上る音？

そうだ、誰かが、こちらに近づいてきている。

ママ？　ママだよね？　朝食を持ってきてくれたんだよね？

ってか、おれ、昨夜、晩ご飯食べたっけ？

なんだか、ひどく腹が減っている。

今日の朝食はなんだろう？　あんぱん？　焼いてない食パン？　まあ、それでもいいや。とにかく、なにか食わせてくれ。

ドアを開ける音。

マジか。やめろよ、部屋には入ってくんなってあれほど言ったじゃないか。朝食はドアの前に置いておいてくれればいいって。

マジで、入ってくんなって！

出ていけよ、出ていけ――

「久斗くん、起きた？」

え？　その声は、ナオミ？

なんで、ナオミが、おれんちに？

いや、待って。ここは本当におれんちなのか？

このジメジメした湿度。覚えのない、ニオイ。

ここは、どこなんだ？

久斗は目を見開いてみたが、やはり、視界は暗闇ばかり。

「朝食を持ってきたよ。お粥と梅干し」

お粥？　言われてみれば、頬にかすかに、湯気のようなものが当たっている。でも、なにか臭い。それ、本当にお粥なのか？

というか、問題はそこではない。

ここはどこなんだ？

なんでナオミがいるんだ？

なんで、おれの目は見えないんだ？

なんで、体を動かせないんだ？

「今、お粥を食べさせてあげるからね」

そんな得体の知れないもの、いらないよ。つか、なにか飲み物をくれ、喉がからからだ。いや、その前に、トイレ。膀胱（ぼうこう）がぱんぱんだ！

「あ、ごめん、久斗くん、このままじゃ、お粥、食べられないね。今、猿轡（さるぐつわ）をとってあげる」

猿轡？

「それと、目隠しも。……あと、拘束帯も解いてあげる」

猿轡に目隠しに拘束帯？

それって、まさか。

……おれ、監禁されているのか？

「ごめんね。だって、久斗くん、すごく暴れたからさ。こうするしかなかった」

暴れた？　おれが？

「もしかして、覚えてない？」

久斗は、かすかに、頷いた。

どうやら、首の動きまでは拘束されていないようだ。

「あー、まだ体を動かしちゃだめだって。足を挫いているんだから」

そうだった。おれ、足を挫いていて、大根のように腫れていて、人参のように真っ赤になっていたんだった。

「でも、久斗くん、優しいよね。そんな足で、うちに会いにきてくれたんだから。だから、うち、決めたの。久斗くんに決めたの」

え？　なにを決めたって？

「久斗くんに、うちらの神様になってもらおうって」

は？　神様？

「ずっと探していた。うちらだけの神様。候補は何人かいたけど、やっぱり久斗くんだった」

意味が分からないよ。神様ってなんだよ。おまえは、今まで神様とか宗教に苦しめられてきて、だから逃げ出そうとしていたんだろう？

「そう、うちらを苦しみから救ってくれる、うちらだけの神様。それが、久斗くんなんだよ。……でも、今のままじゃ、だめ。本当の神様になるには、もっともっと、修行と時間が必要。でも、安心してね。うち、必ず、久斗くんを立派な神様にするから」

だから、意味が分からないんだって！

久斗は激しく頭を振った。その反動か、下半身に妙な解放感。……失禁したようだ。

「いやだ、久斗くん。神様なのに、おもらし？　まだまだ修行が足りないね。仕方ない、あれを増やすか」

そして、猿轡の隙間から、なにか錠剤のようなものを押し込まれた。

これ、前にも。

まさか、これって——

10

久斗が次に目覚めたときには、目の自由は取り戻していた。

見慣れない風景。

安っぽいシャンデリア風の照明に、薄いピンク地に青い花柄の壁紙。いたるところに、フリルも見える。

喩（たと）えるなら、ピンクハウスの服をそのまま部屋にしたような感じだ。

いったい、ここはどこなんだ？

四方の壁はそう遠くない。というか、すぐそこまで迫っている。ということは、四畳半か広くても六畳。

うん？　なにかニオイがする。甘いけれどひどくケミカルなニオイだ。トイレの芳香剤のようだな。

ああ、これは、ナオミのニオイだ。ナオミの体臭は独特で、いつも気になってはいた。そのナオミの体臭がするってことは。

そうか、ここは、ナオミの部屋なんだ。

おれは、ナオミの部屋に監禁されているんだ！

あれ、でも。

ナオミ、入院中だったよな？　で、一時帰宅中におれとファミレスで会って。……すぐに病院に戻るみたいなことを言っていたのに。

ってか、いったい、おれはどうやってここまで来たのか？

あ。ドアの外から気配がする。ナオミか？

久斗は、とっさに目を閉じた。

こういうときは、寝たふりが一番なんだ。

ドアノブが回転する音に続いて、奇天烈な音が鳴り響く。たぶん、ドアが開く音だ。しかし、なんていう音だ。建て付けが相当悪い。

「久斗くん、起きた？」

ナオミの声だ。

目を開けるべきなのか。それとも寝たふりをしたままのほうがいいのか。

ゲームで二者択一を与えられたときのようだ。ここで失敗すると、とんでもないペナルティが科されるとか？　それとも、ゲームオーバー？

というか、この場合、なにをもってゲームオーバーなんだ？

死？

全身にちりちりとした震えが駆け抜ける。「生きること」をとっくの昔に諦めていたはずなのに、本能の部分ではいまだ執着していることに、少し驚く。

「やだ、久斗くん、震えてる？　寒い？」

なんて答えればいい？

イエス？　それとも、ノー？

久斗は、迷いながらも、かすかに頷いた。

「うん、分かる、寒いよね。今日は、大寒波到来だってさ。最低気温マイナス二度。天気予報では最高気温も五度までしか上がらないって。雪も降るかもね。……って、降ってきたみたい」

ナオミが、壁一面を覆う布に手を添えた。紫色の薔薇の模様で埋め尽くされた趣味の悪い布。それはどうやら、カーテンのようだ。

ナオミが、カーテンを少しだけ開ける。隙間から、チャコールグレーに染まった光がおどおどとした様子で染み出してくる。

今、何時なんだろう？

予報では最高気温も五度までしか上がらない……とナオミは言っていたから、まだ昼間でないことは確かだ。なら、朝？

と、そのとき、一際冷たい風が久斗の頬を撫でた。氷を投げつけられたような冷たさに、鳥肌が立つ。

「寒いけど、少し我慢してね。換気しておかないとさ。……ほら、朝の新鮮な空気は、美味しいでしょう？」

やっぱり、朝か。

つまり、ここで二夜を過ごしてしまったということか。

今頃、ママとパパはどうしているだろう？　おれがいなくなって、血眼になって捜しているだろうか？

それとも、「厄介払いができた」と、肩の荷を下ろしているだろうか？

まあ、どっちでもいいけど。

それにしても、寒い。というか、痛い。風が、凍りついたナイフのように、露出している肌を斬りつけていく。

うん？　窓の外からなにか声がする。

久斗は、耳を澄ました。

「換気、終了」

しかし、ナオミは窓をぴしゃりと閉めた。

「どう？　新鮮な空気を吸って、元気出た？」

元気なんか出るわけないだろう。

こんな状況で。

っていうかさ、いったいぜんたい、おれはどういう状況にあるんだ？

「食欲は？」

訊かれて、猛烈に空腹を感じる。

「食事の前に、オムツ、替えようね」

オ……オムツ？

おれ、オムツ、しているのか？

「覚えてない？　昨日の朝、おもらししたんだよ。だから、仕方なくて、紙オムツをはかせたんだ」

マジか……。

「オムツ、いやだよね。うん、よく分かる。うちもいやだった。いやでいやで、だから、病院から逃げ出した」

病院……逃げ出したの？

「一時帰宅っていうのは真っ赤な嘘。うち、逃げ出したんだ。……あんなの、入院でもなんでもないよ。ただの、監禁。しかも、凌辱的な監禁。ベッドと剝き出しの便器だけがある小さな部屋に閉じ込められて、窓は鉄格子がはめられて、拘束帯で体の自由を奪われて、一日中薬で眠らされて。だから、脱走したんだ。で、久斗くんに連絡したってわけ」

そんな状態で、脱走なんて、よくできたな。

「運がよかった。看護を担当している人がうちに同情的で。外の空気を吸いたい、ちょっとだけ散歩させて……と頼んだら、拘束帯を解いてくれた。薬？　ふふふふ。薬なんて、飲んでないよ。飲んだふりをして眠ったふりをしていただけ。うち、一応子役だったからさ。その辺の演技はばっちりだよ。看護の人も、まんまと騙された。……ちょっと悪いことしたかな。今頃、医師にめちゃくちゃ叱られているよ。でも、あのヤブ医者、きっと有耶無耶（うやむや）にすると思う。警察になんか通報できないもん。だって、いけないことばかりしてるからさ。それがバレたら大変だもん」

そんなわけないないだろう。人が一人、いなくなったんだ。今頃、大騒ぎだよ。

そうだよ。おれの家だって、今頃大騒ぎしているよ！　でも、安心しろ。ナオミのことは言わないから。家出して野宿をしていたとでも言っておくから。……今なら、そういうことにしておくから。だから、この状態から解放してくれ！　ただちに！

これ以上このままだったら、さすがにナオミを庇えない。きっとおれは、両親にも警察にも、ナオミのことを告発するだろう。そうしたら、おまえはまた病院送りだ！

それでいいのか？

「久斗くん、なんか興奮している？　顔が赤いよ？……ああ、そうか。オムツ、早く替えてほしいんだね。ちょっと待ってて」

すると、下半身からばさっと何かが剝がされた。たぶん、布団か何かを捲ったのだろう。

やめろよ、なにすんだよ、恥ずかしいだろ、っていうか、寒いだろう！　だから、やめろって、やめろって……。

「やめろって！」

自分の声に驚いた。

なんだ、声、出るんじゃん。猿轡、されているとばかり。

「久斗くん、うるさいよ。さあ、脚を開いて」

「マジで、やめろって言ってんだろう！」

「だから、うるさいって！」

と、その瞬間、脚に激痛が走った。ナオミが、なにか硬いものを脚に振り下ろしたようだ。しかも、弁慶の泣き所に。

痛さで、声も出ない。涙だけが、目尻を伝って次々と流れていく。

この状況、なにかに似ている。

ああ、そうだ。スティーヴン・キング原作の『ミザリー』という映画だ。

人気のロマンス小説家のポール。雪の中、交通事故に遭う。それを助けたのが、ポールの熱狂的なファン、アニーという女性。最初は献身的にポールを看護するアニーだったが次第に支配的になっていき、ポールに理想的な小説を書くように強要する……というような内容だった。なんとも恐ろしく、痛い映画だった。直視できない場面(シーン)の連続で。

ベッドに縛り付けられたポールに、次々と残酷な暴力を振るうアニー。

まさか、自分がポールの立場になるなんて！

いや、今の自分はポールより悲惨かもしれない。だって、ポールはオムツなんてされてなかったはずだ。こうやって、女の子にオムツを交換されることもなかった。

「ううううう」羞恥心(しゅうちしん)で喉が詰まりそうになる。その反動か、変なくしゃみが飛び出した。

唾液の飛沫が、ナオミの顔に直撃する。

「なにすんだよ！」

ナオミが、般若の顔でこちらを睨みつける。

ここは、素直に謝るべきか？

いや、でも、おれはまったく悪くない。謝る必要がない。悪いのは、おれをこんな目に遭わせて、勝手にオムツまではかせたナオミのほうだ。

性的嫌がらせで、訴えてやりたいぐらいだ！

久斗は、今度は意図的に、くしゃみを飛ばした。大量の唾液がナオミに飛び散る。

「久斗くん、いい加減にしなよ」

ナオミが、静かに言い放った。

「うちは、久斗くんを助けようとしているんだよ？　いい加減、理解しなよ。でなけりゃ、こうするよ？」

ナオミが、なにかを振り上げる。

え？　それって広辞苑？

もしかして、さっきおれの脚に振り下ろしたのは、それか？

広辞苑は凶器になるな……なんて、昔、クラスメイトと話したことがある。まさか、本当に、凶器にしてしまうなんて。

こいつ、マジでイカれている。

アニーのようだ！

「久斗くん、聞いてる？　いい加減、分かってよ！　って言っているんだよ」

この場合、なんて答えればいい？　ここで下手なことを言ったら、なにをされるか分からない。

その広辞苑をまた振り下ろされたら、おれの脚は今度こそガタガタになってしまう。

『いい加減にするのは、てめえのほうだ！　この、イカれ女が！』

と、あくまで抵抗するか。

それとも、

『ごめん、おれが悪かった。……そして、いろいろとしてくれてありがとう』

と、従順な素振りを見せるか。

ここで選択を間違えたら、マジで地獄行きだ。それとも、ゲームオーバー。

とはいえ、この二者択一は、簡単だ。従順な素振りを見せる……しかない。だって、体はいまだ拘束されていて、自分の意思では動かせない。こんな状況でできることといったら、相手の言いなりになるしかない。

久斗は、無理やり笑みを作ると、

「マジで、ごめん。本当に、ごめん。そして、ありがとう。ありがたすぎて、涙が出てくる」

と、心にもないことを言った。

すると、脚にまたもや激痛が走った。

ひぃぃぃぃぃ。

痛さのあまり、大量の冷や汗が噴き出す。

ヤバい。どうやら自分は、回答の選択を間違えたようだ。

「そうだよ。分かってくれたなら、いいんだよ」

なんなんだよ！　間違ってなんかなかった！　なのに、この仕打ち！

普通じゃない。こいつ、アニーよりヤバいかもしれない。

ナオミは、やっぱり病院にいるべき人間なんだ。ちゃんと入院して治療しなくてはいけない人間なんだ。

なのに、なんでシャバにでてきたんだ。病院もさ、もっと真剣になって捜せよ。患者がいなくなったんだからさ。ナオミの居所ぐらい、すぐに見当つくだろうが。

だって、ここはナオミの部屋なんだろう？　ということは、ナオミの実家ということなんだろう？

え？　でも、そしたらおかしい。ナオミの実家だったら、家族が最初に気づくだろう。そして、とっととナオミを病院に戻しているはずだ。

家族は、どうしたんだ？

「さあ、オムツ交換、終了。久斗くん、おしっこ、たくさんしたね。ふふふふふ」

見ないように考えないようにしていた、オムツ交換。どうやら、終了したようだ。

まさか、こんな恥辱プレイがずっと続くのか？

いったいぜんたい、このゲームの着地点はどこなんだ？

「じゃ、食事にしようか。久斗くん、お腹ペコペコでしょう？」

腹は空いているけど、食べたくない。

だって、食べたら、大便をしたくなる。オムツをした状態で大便だなんて、考えたくもない。

しかし、久斗は、ナオミが作ったというお粥をぺろっと食べてしまった。いや、食べさせられてしまった。

まるで離乳食を食べる赤子のように、久斗の口までスプーンを運ぶナオミのリズムに沿って、つぎつぎとスプーンの中のそれを胃に流し込んでしまった。

お粥は、妙な味がした。でも、不味いというほどではない。ニオイも独特だった。甘ったるいのに、ケミカル。そう。この部屋とナオミと同じニオイだ。

「ウンチが臭くならないように、特別なハーブを入れたんだけど、割といけるでしょう？」

特別な、ハーブ？

「『解脱ドリンク』っていうんだ」

なんだ、それ。めちゃ怪しそう……。

「安心して。漢方薬としても処方されるものだから、怪しいものじゃない。それに、うちも小さい頃から飲んできたものだし。……これを飲むとね、ウンチが臭くならないんだよ。臭いどころか、いい香りがするんだよ。……でも、うちはまだその境地には至ってないけどね」

境地？

「神様に近づくには、まずは、体臭をどうにかしなくちゃいけないんだ。それから、排泄物のニオイもね。だって、臭い神様って、なんか変じゃん。神様は無臭か、いいニオイがしなくちゃね。だから、うちらは、生まれたときからニオイを改善するハーブを飲むんだけど、神様の素質がない人は、どんなに飲んでも効果なし。臭いニオイがなくなるのがせいぜい。でも、神様の素質がある人は、いい匂いがしてくるの。本当に、この世のものとは思えない、いい匂いがね！」

……やっぱり、こいつ、イカれてる。

「ね、ナオミ。質問、いい？」

久斗は、出来うる限りの冷静さを装って、囁くように訊いた。

「質問？　うん、いいよ。でも、うち、これからちょっと出かけなくちゃいけないからさ。質問は三つまでにしてね」

三つ？

訊きたいことは山ほどあるのに、三つ？

「だから、なに？　質問って」

ナオミが早口で催促する。イラついている証拠だ。

「えっと」

焦りで、またまた汗が噴き出す。しょっぱい汗が、口の端にたまる。それを舌で拭うと、

「おれは、なんでここに連れてこられたの？」

「はぁ？」

ナオミの眉毛が鋭角に吊り上がった。

ヤバ。質問、失敗したか？

「だから、昨日から言ってるじゃん。久斗くんは、神様になるんだよ。そのために、来てもらったの。はい、次の質問、どうぞ」

なんて、あっけない回答。全然、答えになっていない。唖然としていると、

「質問、もういいの？　終わり？」

「いや、ちょっと待って。あと二つ」

「じゃ、早く」

「ここは、どこなんだ？」

「ここは、うちの部屋」

やっぱり。

「はい、これで、二つの質問に答えたよ」

全然、答えになってない！　どうやら、質問の仕方が悪かったようだ。

「じゃ、最後の質問、どうぞ」

最後の質問は、失敗しないようにしなくては。えっと、えっと、えっと。

「早く、最後の質問」

促されて、

「どうして、おれは、ナオミの部屋に連れてこられたの？」

アホか。最初と二番目の質問を繰り返しただけの質問をしてしまい、久斗は、我ながら失望した。自分の頭の悪さに。

ナオミも、「あんた、バカなの？」という顔をしている。そして、

「久斗くんを立派な神様にするのが、うちの使命。だから、久斗くんにここに来てもらった。ここで、神様を作るために」

と、答えた。

その答えは、最初と二番目の質問の答えと同じように聞こえるけど、少しニュアンスが違った。

使命？　神様を作る？

「っていうか、ナオミは、宗教がイヤで両親に反抗したんだよね？」

「それ、四番目の質問？」

「いや、違う。三番目の質問だ。さっきの質問は、最初と二番目を確認しただけで、カウントさ

れない。……だろう？」

強引な理屈だったが、ナオミは納得したようだった。

「そう。うちの親が信仰する宗教はインチキだから、全然信用していない。あれは金儲けするためだけの、システム。あいつらは、自分たちを信じないものはすべて『サタン』と決めつけるけど、うちから言わせたら、あいつらのほうが『サタン』だから。『ヨハネの黙示録』に書かれた獣（ビースト）っていうのは、まさに、あいつらのことだよ。……ビースト、もちろん、知っているよね？　だって、それを教えてくれたのは、久斗くんだもんね」

もちろん、知っている。『黙示録』を題材にしたゲームが発売されたとき、ナオミにレクチャーした。

『「黙示録」っていうのは、大昔、ヨハネという人が、世界の終わりの幻（夢）を見て、その内容を書き記したものなんだよ。

「世界の終わりのときは、こんなことが起きるよー」って。

その中で有名なのが、「天使が吹くラッパ」。

七人の天使たちが順番にラッパを吹き、そのたびにとんでもない苦難と天災と災害が人類を襲い、苦しめる。そして、最後の七人目の天使が吹くラッパを合図に、いよいよ世界の終わりはクライマックスを迎える。

七人目の天使のラッパが鳴り響くと最後の審判が開始されて、神の計画が成就するんだ。

つまり、災難を引き起こすのも、世界を終わらせるのも、「神」なんだよね。

神が、穢(けが)れた世界を終わらせるために、最後の審判を行い、人類を選別するんだってさ。

では、なんで、神はそんな無慈悲な選別を行うのか。

それは、人類が、獣(ビースト)を崇拝するようになるからだよ。獣、すなわち、サタン。

獣は、あの手この手で人類を惑わせて、偶像を崇拝するように仕向ける。

偶像を崇拝しない者は、皆殺しにされる。

さらに獣は、全人類に刻印を押す。小さき者にも、大いなる者にも、富める者もそうでない者にも、自由人にも奴隷にも。その刻印がなければ、物を買うことも、売ることもできないようにするんだよ。

おれの解釈では、「偶像」はマスメディアのことで、「崇拝」とは洗脳のこと。

そして「刻印」は、今、世界中で進められている国民総背番号制度なんじゃないかと思っている。つまり、マスメディアによる超管理社会(ディストピア)が到来したとき、「黙示録」で描かれた「終末」のときがやってくる……ということなんじゃないかな』

「久斗くんからその話を聞いたとき、うち、なんか目が覚める思いだった。そうか。うちの親は、ビーストに洗脳されていたんだって。ビーストは、ありとあらゆる〝宗教〟の名を借りて、全人類を洗脳しようとしている。そんな人類に呆れた神様が、人類に試練を与えようとしているんだって。例の大地震とか、まさにそれだよね」

まあ、おれもその解釈だ。……っていうか、それも、いつかおれが言った言葉そのままじゃねえか。

「久斗くん、言ったよね。神による最後の審判が行われて、ビーストに洗脳された人類は滅ぼされるって。そして、そうでない人類だけが、神が作る新しい時代に召喚されるんだって」

おれが言った……というか、『黙示録』に書いてあったことを要約しただけだけど。

「久斗くんの言葉に、どれだけ救われたか。……久斗くんこそ、神様だと思った」

神様だと思っているなら、なんでこんな仕打ちをするんだ。

「でも、久斗くんは、まだ完全な神様ではないから。まだまだ、浄化されていない。俗世のニオイを全部、とりきらないと」

言いながら、ナオミは、尿瓶(しびん)のような形をした容器の注ぎ口を、久斗の口に押し込んだ。

甘くて、ケミカルなニオイがする。例の、ハーブが入ってるのか？

「これをうんと飲んで、浄化していこうね」

仕方なく喉に流し込んでいく。……いったい、どれだけ飲めばいいんだ。胃が破裂しそうだ。

……呼吸ができない。

もう、だめだ！　と、液体を吐き出そうとしたとき、注ぎ口がようやく抜かれた。

浅い呼吸を繰り返しながら、思考を整理する。……そうだ。こういうときは、とにかく理性を失わないことだ。疑問や矛盾点があったら、それを粛々と整理する。そうすることで、解答が得られる。……中学受験のときに、塾の講師にそう教えてもらった。

「そういえば、さっき、小さい頃からこのハーブを飲んでいるって」

と、久斗はいつのまにか呟いていた。考えていたことが、口をついてでてしまった形だ。咄嗟に口を噤(つぐ)むが、

「うん、そうだよ」

と、意外なことにナオミは素直に答えた。

「小さい頃っていうか、赤ちゃんの頃からね、ミルク代わりに。神様に近づくために、うちらはみんな飲んでいる」

「それは。……親が信仰していた宗教の教え？」

「うん。そうだよ」

インチキだサタンだとあんなに否定していた宗教なのに、その教えをこうやってまだ信じている。

そういえば、ナオミは〝大誅鬼〟という言葉もよく口にする。

だいちゅうき。辞書に載っていないその言葉は、ナオミの両親が信仰する宗教が独自に生み出した言葉のはずだ。

否定して拒絶した宗教が生み出した教えに、今なお従っているのはなぜだ？　それだけ、洗脳が深いということか？

「だって、神様の教えは絶対だからね。許せないのは、その神様の教えを利用して金儲けに走っている教団の幹部たち。やつらは、絶対、許せない。許したら、こっちに罰が当たる」

なるほど、そういうことか。

組織は許せないけど、神は信じると。

その〝神〟とやらも、インチキ教団が作り上げたものなのにな。

やっぱり、洗脳は解けてないんだ。

納得だ。

いや、納得できない。なんで、おれがこんな目に遭わなくちゃいけないんだ？

「神様からのお告げがあったんだ。ラッパを鳴らせ。神を冒瀆するやつらを粛清せよと。そして、自らの手で、新しい神を創造せよ……と。その新しい神こそが救世主(メシア)ぞ。メシア誕生のときこそ、新しい時代の幕開けぞ……と」

馬鹿馬鹿しい。それこそ、『黙示録』で言及している、偽物じゃないか。世の終わりが近づくと、偽の神様や偽のメシアがワンサカ現れる……というやつだ。

確かに、そうだな。

先ごろ、例の事件を引き起こしたあのカルト教団をはじめ、世の中は偽物の神様や教祖や預言者で溢れかえっている。まさに、この世の終末なのかもしれない。

だからって、おれがこんな目に遭う理由はないけどな！

「うちは、決心したんだ。どんな困難があっても、新しい神を創造するんだって。……久斗くんを、神様にするんだって」

だから、なんでおれなんだよ！

「あ、いけない。マジでもう出かけなくちゃ」

ナオミの体が、我に返ったように跳ねた。そして、慌てて、部屋のドアを開ける。相変わらずの奇天烈な音。

その音が鳴り止む頃、カーテンの隙間からクリーム色の光が差し込んできた。

ナオミの足音が完全に消えた。かすかに施錠する音がしたから、出かけたのかもしれない。

クリーム色の光の角度がだんだんこちらに近づいてくる。

あのカーテン、全開にできないか？

せめて、両手が自由になれば……と、力を込めたときだった。ふと、右手が軽くなる。

「あれ？」

もう一度力を込めると、今度は左手が軽くなった。

どうやら、拘束が解けたようだ。

「っていうか。そもそも、拘束なんてされてなかった？」

当たりだった。右手にも左手にも、拘束の跡はない。自分が勝手に、「拘束」されていると思い込んでいただけだった。

暗示というやつだ。

それじゃ、脚も？　と、両脚に力を入れたとき、

「いってぇぇぇぇ」

激痛で、思わず大きな声が出る。久斗は、咄嗟に両手で口を塞いだ。

おかしい。挫いたのは、右脚なのに、左脚も痛い。

久斗は恐る恐る体を起こすと、ゆっくりと布団を捲ってみた。

「はぁぁぁ？」

あまりに異様な有り様に、こんな情けない声しか出ない。

「なんで？　なんで？　なんで？」

右脚が、腐りかけの青魚のように膨張してブヨブヨになっている。

「挫いただけなのに、なんで、こんなことに？」

そうか。ナオミだ。ナオミが、広辞苑を叩きつけたから。でも、それだけで、こんなになるか？　もしかしたら、薬で眠らせている間に、何度も何度も、広辞苑を叩きつけたのか？

久斗は、ベッドの下に落ちている広辞苑を見た。角に、血がついている。

「ちっきしょ！　あの女！」

が、問題なのは、左脚だ。

左脚が、ギプスのようなものでガチガチに固められている。そして、それはベッドのフレームに固定されている。

ピクリともしない。

うん？　このニオイ。まさか。

視線を巡らせて見ると、案の定、床には瞬間接着剤のチューブが。まさか、これで固定したのか？

逃げ出せると思ったのに。その期待が、一瞬にして脆（もろ）くも崩れ去った。

絶望のため息をついたときだった。猛烈な眠気がやってきた。

まさか、さっき、無理やり飲まされた液体、あの中になにかが？　それとも、お粥か？

いずれにしても。

夢だったら、早く、醒めてくれ。

そう願いながら、久斗は眠りに落ちた。

11

……だめだ。寝ちゃだめだ！

久斗は、ありったけの気力をかき集めて、瞼を開けた。そして、

「おれが、神様だって？　冗談じゃない」

天井のシミに向かって、悪態をついた。ひどい眠気に抗うためだ。ここで寝てはいけない、そう本能が警告する。

「っていうかさ。おれが神様だとして。なんで、こんな目に遭うんだよ？　なんで、監禁されなくちゃいけないんだよ？　な、ちゃんとわかるように……説明ひへふれお！」

ろれつが、怪しくなってきた。

いったい、おれは、なにを飲まされたんだ？

天井のシミが、だんだん人の顔に見えてくる。

え……？　ママ？

『地獄、怖いでしょう？　惨いでしょう？　絶対行きたくないでしょう？　いい？　悪いことをしたら、地獄に落ちちゃうのよ。だから、良い子にしていてね。ママの言うことをよく聞いてね。ママの言う通りにしていれば、地獄に行かなくて済むんだからね』

ママ。どうやらおれは、地獄に落ちてしまったようだ。

ママの言うことを聞かなかったから？

ママの言う通りにしなかったから？

『そうよ。あなたは、地獄に落ちてしまったのよ。体をバラバラにされて、内臓は引き摺り出されて、それでもあなたは死ぬこともできなくて、耐えがたい苦痛を未来永劫味わうことになるのよ』

そんなの、いやだよ！

助けてよ！

今度こそ、いい子にするからさ！

絶対、言うことを聞くからさ！

だから、助けてよ！

もうたくさんだよ。降参だよ。なんだかよくわからないけど、おれが全部悪かった。謝る、謝るから……家に帰してくれ。

マジで、家に帰りたいよ！

居心地の悪い家だけど、ウザいだけの母親だけど、無関心を貫く父親だけど。……でも、今は無性に恋しい。

家に帰ったら、ちゃんと玄関から入ろう。そして、こう言おう。「ただいま」って。そして、「今日の晩御飯、なに?」って。

中学に上がる前までは、そうしていたのに。なんで、それができなくなったのか。思春期特有の苛立ちと言われれば、そうかもしれない。反抗期と言われれば、それが正しいのかもしれない。

心の病だと言われれば、それも理由なのかもしれない。

ただ、親が鬱陶しくて仕方なかった。外が不安だらけで恐ろしかった。唯一の逃げ場は、自分の部屋だけだった。

『それは、子宮回帰願望だね』

ヒロシがここにいたら、きっとそう言うのだろう。

『結局、君は、胎児に戻りたいだけなんだよ。なんの不安もなく、なんの苦しみもなく、ただ温かい羊水に包まれて、母親から充分な栄養をもらって。まさに、天国だよな、母親のお腹の中ってさ。僕もできれば、戻りたいよ』

それって、究極のマザコンじゃないか。

そうか。おれもヒロシも、結局はマザコンなのかもしれない。母親に甘えたくて仕方ないのかもしれない。そして、できれば、その膣（ちつ）に潜り込んで、子宮に辿り着きたいだけなのかもしれない。

なんか、その考え、ちょっとヤバいね。あんまり、声に出して言わないほうがいいよ。だろう？　ヒロシ。

もちろん、返事はない。

っていうかさ。

ヒロシは、どうしているんだろうか？

おれが、こんな目に遭っているのに、どうして助けに来てくれないんだよ。ドラえもんのようにさ。

『のび太症候群だね、それは』

ヒロシは言うのだろう。

『誰かの助けなしでは、なにもできないってことだよ。他力本願ってやつさ』

そうかな？　だって、ドラえもんは結局、のび太の助けにはなっていない。たいがい、失敗に終わる。道具をうまく使いこなせない。

『なのに、のび太はドラえもんにすがりつく。ドラえもんも、のび太に甘えられることに喜びを感じている。なんだか、母と子の関係に似ているね。要するに、そういうことだよ。ドラえもんもまた、子宮回帰の物語ってことだよ』

じゃ、ヒロシとおれの関係はどうなんだろう？

『僕たちの関係は、一言で言えば、一心同体』

一心同体？　どういうことだ？

「どういうことだ？」

自分の声で、久斗は短い夢から醒めた。

眠気はすっかりおさまっている。どうやら、先ほど飲まされた薬は、それほど強いものではなかったようだ。

よし。頭はすっきりしている。今のうちに、なにか対策を考えなくては。

どうする？　どうする？

と、視線を巡らせていると、右側にスチール製の机。小学校に上がるときに買い与えられて、そのまま惰性で使い続けているというような、年季の入った学習机だ。その上には、デスクトップのパソコン。

パソコン！

パソコンがあるじゃないか！

どうにかして、アレを使えないだろうか。

そしたら、ヒロシと連絡がとれるかもしれない。

久斗は、右腕を伸ばしてみた。届きそうで、届かない。

「届いたとして」

どうやって、操作するんだよ、この状態でさ！

「ちくしょう！」

と、上半身を捩ったときだった。デスクの上のマウスが、落下した。

見ると、窓が少し開いている。

「ちくしょう。道理で、寒いはずだ」

でも、そのおかげで風が部屋に侵入し、その拍子にマウスが落ちてくれた。マウスが動いたことで、パソコンのスリープ状態が解除される。どうやら、最新のＯＳが入っているようだ。さらにラッキーなことに、マウスはベッドの下に転がってきた。ここなら、指が届く！

久斗はありったけの力を込めて、右手を伸ばした。指先が、マウスに触れる。さらに右手を伸ばして、マウスを力の限り引っ張ってみた。

案の定、机の上のキーボードが動いた。マウスのケーブルとキーボードのケーブルが絡まっているおかげだ。

久斗は、今一度、マウスを引っ張ってみた。そして、もう一度。さらに、もう一度。最後に、もう一度。

大袈裟な音を立てて、キーボードが落下する。

「よっしゃ！　ドンピシャな位置に落ちてくれた！」

それは、まさに久斗の頭のすぐ横に落ちてくれた。落ちたというより、手繰り寄せた……というほうが正解か。

「光明が見えてきたぞ」

が、次の難関は、パスワードだった。でも、たぶん、これは簡単だ。ナオミのことだ。ゲームにちなんだパスワードに違いない。たとえば、ナオミが贔屓にしているゲームキャラクターの名前とか……、よし、ビンゴ！

と、喜びの声を上げようとしたときだった。

ドアの外からなにやら音がする。

それは、なにかを開錠する音のようだった。

「まさか、もう戻ってきたのか？」

どうしよう。この状態のままじゃまずい。

そうこうしているうちに、階段を上る音が響いてきた。

久斗は、とりあえず、キーボードを机に向かって投げた。訊かれたら、「窓から突風が吹いてきて、勝手に落ちた」と言い訳しよう。

ドギマギしながら待っていると、ドアの向こう側に気配が近づいてきた。

鼓動が速まる。

久斗は、狸寝入りを決め込んだ。

が、ドアは開かない。

気配は、そこにあるのに。

うん？

なにか、音楽が聞こえる。……プリンス？

音楽はどんどん大きくなり、ついには耳が痛くなるような大音響となった。

やめてくれよ、頭がおかしくなりそうだよ！

うん？　音楽に混じって、なにか聞こえる。

読経？　呪文？　讃美歌？　そのどれもが混ざったような、不思議な旋律だ。しかも、複数人の合唱だ。啜り泣きも聞こえる。

なんだ？

もしかして、おれ、拝まれている？

その旋律は三十分ほど続き、そして消えた。続いて、階段をぱたぱた下りるいくつかの足音がして、玄関ドアが閉まる音が轟いた。

息を潜めていた久斗は、なにか不思議な感覚に包まれていた。

なんか、おれ、お厨子の中に安置されている、仏像か御神体のようじゃん。

それはどことなく、悦楽を伴う感覚だった。充実感というか。なんだかわからないけど、ここにこうしているだけで、誰かを救っている。そう思うと、ぞわぞわとした快感が駆け巡った。

そして、こうも思った。

「おれ、神様になってもいいかも」

しかし、すぐに否定した。

「な、わけない！」

だめだだめだ、状況に飲み込まれちゃだめだ。

自我をしっかり保たなくちゃ。

とにかく、今は、目の前のチャンスを引き寄せることに集中しよう。

そして久斗は、今一度、キーボードを手繰り寄せた。

†

「え？　午後二時？」

改めてパソコンを起動させた久斗は、時計表示を見て度肝を抜かれた。まだ朝だと思っていたのに、昼を過ぎている。

いや、ちょっと待て。

日付もなんだかおかしい。

嘘だろう？

あれから一日経っているじゃないか！

そうか。あのとき飲まされた薬で、おれ、一日ちょっと、眠っていたんだ。

恐る恐る、下半身を見てみる。

それは、前に見たときとは違う色の紙オムツだった。

眠っている間に、交換されたんだ。

羞恥心と激しい怒りがとぐろを巻く。

変化は他にもあった。

髪だ。どうやら、髪の毛が短くなっている。

「まさか、髪まで切ったのか？」

ナオミのやつ、なんてことしてくれるんだよ！

おれをおもちゃにしやがって！

一瞬でも、「神様になってもいいかも」と思った自分がバカだった。

おれは、人間だ。ただの人間だ。でも、尊厳はある。その尊厳をここまで踏み躙るなんて、とんでもない話だ！

なにが、神様だよ。そんなものになるものか！

久斗は、キーボードを手繰り寄せると、通信ソフトを立ち上げた。

ヒロシからのメールがあるはずだ。

ヒロシ、ヒロシ、ヒロシ……。

え？　嘘だろう？

なんで、ないんだよ？

てっきり、ヒロシともメール交換していると思っていたのに。

そうだよ。いつだったか、ヒロシにナオミのことを話したら興味を持って、「その人の情報、教えてよ。友だちになりたい」って。次の日、「メール、送ってみたよ。あの子、おもしろいね」って。それからは、三人でチャットもするようになって……。

だから、絶対、ヒロシのメールが残っているはずなんだけど。……ああ、やっぱり、見当たらない。

本当に、ヒロシからのメール、ないのか？

ナオミがヒロシに送ったメールも？

と、あれこれいじっていると、興味深いメールを見つけた。

複数の、知らない誰かに宛てたメールだった。

サブジェクトは、

『神様、はじめました』

なんだよ、この、「冷やし中華はじめました」的なノリは。

どうにも気になって、久斗は、そのメールを開いてみた。

『各位　お待たせしました。今度こそ、神様、はじめました。ぜひ、拝みにきてください。ご利益のある聖水と御髪(おぐし)もございます。もちろん、無料です。このメールを受け取った方だけに与えられる、特別な聖遺物です』

は？　聖水？　御髪？

まさか。

聖水は、おれの小水で、御髪は、おれの髪の毛ってことか？

『この聖遺物があれば、苦しみから救われます。愛する人を救うこともできます。神に一歩、近づくことができるのです』

いや、ちょっと待って。

聖遺物って。

遺物っていうぐらいだから、死んだ人の遺品ってことだよな？

でも、おれは生きているぞ？

『これから先、聖肉、聖内臓、聖脳、聖骨などなど、ご提供できるかと思います。ご希望の部位がございましたら、ご連絡ください』

いや、ちょっと待てよ。

だから、おれは生きているってば！

三章

12

「神様？　あの子を神様にするの？」

　色葉は、万年筆を持つ夫の手を止めた。

「だから、形だけだよ。これは、ただの形。実体は伴わなくていいんだよ。それにさ。あいつなら、こう言うよ。『神様？　なってもいいかも』って」

　夫が、無責任にそんなことを言う。

「なんかさ、おれにはわかるんだよね、あいつの気持ちが。おれもさ、高校時代に引っ越しを経験してさ。それで躓いたことあるからさ。おれとあいつは、どこか似ているんだよね。気が合うんだよ」

　なによ。だったら、説教をするなり、説得するなりして、あの部屋から引き摺り出してよ！

「いずれにしても。……サインしていいだろう？」

　なんて答えていいか、わからない。

「もう、これしかないんだからさ」

その通りかもしれない。これしか方法はないのかもしれない。

それに、今回は、この話を持ってきたのは怪しいブローカーではない。西脇くんだ。あの西脇くんが、私に嘘をつくはずがない。騙すはずがない。それどころか、私の窮地を救おうと、尽力してくれている。……あのときのように。

「そうだね、わかった」

色葉は、小さく頷いた。

それを合図に、万年筆のペン先が書類に静かに落とされる。

たった数秒のことだったが、ひどく長く感じられた。

なにか大きな仕事をしたとでもいうように、夫が「はぁぁぁ」と、肩で息をする。

色葉は、書類を覗き込んだ。

そのサインは、いつもの字とはどこか違っていた。震えている。

やっぱり、夫もどこかで葛藤をしているのだろう。そりゃそうだ。いきなり、教団を引き受けろ……だなんて。

「ところでさ」

夫が、万年筆にキャップをしながら、

「西脇さんとは――」

夫が、ここで言葉を中断した。そして、唇だけを動かし、「どんな関係なの？」

聞いていない振りをしてもよかったが、

「何度も言っているじゃない。高校時代の同級生。同窓会で久しぶりに再会したの。で、弁護士をしているっていうから、税金のことを相談してみたのよ。そしたら――」

色葉は、早口で捲し立てた。

なにかやましいことがあるときの癖だ。

「ふーん」

夫が、いつもの生返事をする。

これで、納得してくれただろうか？　たぶん、しただろう。なにしろ、夫は、鈍感だ。

「いずれにしてもだ。これで一件落着だ。今日は、ぐっすりと眠れるよ。そうだ。ママ……かあさんにも連絡しておかないと」

「お義母さん？」

「うん、かあさんも、心配していたんだよ、今回の件は」

「……知らせたの？」

「当たり前だろう？　だって、家族なんだからさ」

世の中の嫁の大半がそうであるように、色葉もまた、義母が苦手だった。

面倒見がよくて優しくて寛容な女性ではあるが、どうしても苦手だった。

完璧すぎるからだ。

自分の至らなさを思い知らされるからだ。

義母はきっとこう思っているのだろう。「ダメなお嫁さんね」

もちろん、そんなことを言われたことはないけれど、瞬きのリズムで、唇からかすかに漏れる吐息の数で、わかるのだ。

「この結婚は失敗だったのかしら」

そう思われたくなくて、息子の件も黙っていたが。

そうか、私の知らないところで、やっぱり夫は母親に相談していたか。原野商法に騙されたときも、そうだった。私に隠れて相談した。義母はなにも言わず、借金を肩代わりしてくれた。この家を買ったときだって、頭金をぽーんとだしてくれた。まるで、ドラえもんのような母親だ。

「……お義母さんは、なんて？」

「今回ばかりは、助けられないって。自分たちで、なんとかしなさいって」

「そう」どこかでほっとする。ここでまた借りを作ったら、一生、お義母さんには頭が上がらない。

「さすがのかあさんも、呆れてたな。もっとしっかりしなさいって」

きっとそれは、嫁の私に対してだろう。

「かあさんには、ちゃんと言っておくからさ。色葉のおかげで、なんとかなりそうだって」

そうよ。その点は、強調しておいてね。私だって、役に立つってこと、ちゃんと伝えておいてね。

「今回、ホワイトナイトになってくれた西脇さんのことも、色葉の同級生だってちゃんと言っておくよ。ただの同級生だって」

そうよ。西脇くんは、ただの同級生。それ以下でもそれ以上でもない。

……そう、西脇くんは、ただの同級生。

13

奥寺家を出ると、西脇満彦(みつひこ)はすぐに電話をかけた。相手はワンコールで出ると、

『どうだった？』

そう訊かれて、西脇は、口の端だけで笑った。

「ちょろいもんだよ」

『じゃ、うまくいったんだ』

「うん。うまくいきそう。三日後の水曜日、本格的に契約を結ぶ段取りもつけた」

『よかった。……じゃ、あのお荷物をようやく処分できるんだ』

お荷物とは、もちろん、妙蓮光の会のことだ。

妙蓮光の会は、色々とやりすぎた。今のところ、どれも発覚はしていないが、これから先、なにかの拍子ですべてが暴露されるかもしれない。その前にどうにかしたい。……そう言い続けていたのは、今、西脇が電話をしている相手だ。そいつはこうも言った。「今度の同窓会に、あの女が来る。あれをターゲットにしよう」と。

だからといって、指示に従っているわけではない。

自分は、他者の指示で動くような人間ではない。

自分はいつだって、自分の意思でやってきた。

　妙蓮光の会のことだって、いつかは決着をつけなくちゃいけないと、前々から思っていた。そう、これは、自分の意思なんだ。

『でも、未練があるんじゃない？』

「未練って？」

『だから、あの女だよ。あの女を騙すのは気が引けるって、思っているんじゃない？』

「はじめはね。でも、一度寝て、吹っ切れたよ。……彼女はもう、ただの中年女になってしまった。どうせなら、断って欲しかったのにさ。そしたら、ターゲットにするのもやめたのに」

『そうか。ただの女になっちゃったか』

「そう。だから、もう未練はない。むしろ、あんなビッチにはお仕置きが必要だ」

『穢れた者は、浄化しないと』

「そう、浄化しないといけないんだ」

『ね。今から、会えないかな？』

「今から？……うん、わかった。どこに行けばいい？」

『いつものところ』

「ちょっと遠いよ」

『なんで？』

「だって、雨が降りそうだよ」

『あんた、昔から、雨が嫌いだったよね』

「濡れるのがいやなんだ」

『じゃ、タクシー飛ばしてくればいいじゃない』

「うん、そうだな。……あれ、キャッチが入った。誰からだろう？」

14

その二日後の夜。おとといから降りはじめた雨が、ようやく上がったようだ。

息子の夕飯にと、チャーハンを拵えているときだった。ちなみに、今日の朝も昼も、食事は手付かずだ。たぶん、このチャーハンも、ドアの前に放置されるのだろう。わかってはいたが、作らざるを得ない。だって、私はあの子の母親だから。

さきほども、義母から電話があって、そんなことを言われた。

「息子のことを信じなさい。それが、母親の務めですよ」

そんなことを言われたら、普通なら反論もしたくなるものだが、どういうわけか、「はい、わかりました」と答えてしまう。あの人にはどうしても逆らえない。

「うちの子もね、以前はいろいろとあったのよ。……本当に、いろいろと。でも、私はあの子を信じた。だから、今のあの子があるの」

あの子とは、夫のことだ。……いろいろあった？　初耳だ。夫は小さい頃から絵に描いたような優等生ではなかったのか。エリートではなかったのか。

「まあ、詳しいことは、追々ね。いずれにしても、信じるのよ。どんなに無視されても、撥ね除けられても、信じていれば、必ず報われるわ」

義母は、こういう偽善者っぽいところがある。それも、苦手ポイントのひとつだ。

信じろ、信じろって。なにを信じろっていうのよ。

はぁぁぁと長いため息を吐き出したところで、着信音。

チャーハン作りを中断して、スマートフォンの許に駆け寄る。

表示には、「モンちゃん」。

え？　モンちゃん？　なんで？……いやだ、私、この人のこと苦手なんだよな。

受話器のアイコンをタップすると、

『ね、色葉。ちょっと会えない？』

と、いきなりそんなことを言われた。

「どうしたの？」

先日、同窓会で会ったばかりじゃない。

『ちょっといやな話を聞いてね。それで、気になって――』

どうも奥歯にものがはさまったような感じだ。

「なにが、気になるの？」

『西脇くんのことなんだけど』

心臓が、大きく跳ねる。まさに、明日、西脇と会う約束をしている。正式な契約を交わすために。

が、色葉はそんなことは曖気（おくび）にも出さず、

「西脇くんがどうしたの？」

『うーん、それがさ』

「だから、なに？」

『……わたしも詳しいことはわからないんだけど。なんか、亡くなったみたいなの』

「は？」

その意味が、一瞬、理解できなかった。亡くなった？　どういうこと？

『だから、死んだってことよ』

「死んだ？」

『そう。しかも、バラバラ死体で』

「バラバラ!?」

『そう。多摩川の河川敷で見つかったスーツケースの中に、首なしのバラバラ死体が発見されて。それが、西脇くんだっていうのよ』

「嘘よ。だって、一昨日(おととい)はピンピンしていたわよ？」

言った後、はっと口を手で押さえた。

『一昨日、会ってたんだ』

「ううん、違うの。……っていうか。そう、夫と三人で」

動揺して、言葉がうまく紡げない。

『それは、何時頃？』

「三時にうちに来て。五時前には帰って行った」

『それ、警察には言った？』

「は？　警察？」

『そうか、色葉のところにはまだ警察は行ってないか。だったら、そのうち、連絡くるかも。うちにも来たからさ』

「警察が、なんで？」

『西脇くんの所持品から、関係ありそうな人を探し出して、片っ端から話を聴いているみたい。わたしの場合は、名刺。同窓会のときに名刺交換したからさ』

「でも、私は、名刺交換なんて――」

『携帯の履歴も辿っているみたいだから、そのうち、色葉のところにも行くと思うよ。西脇くんとも、電話番号の交換したんでしょう？』

「…………」

『ね、色葉、聞いてる？』

「あ、ごめん。……なんか、ちょっと、あまりのことで頭が真っ白」

手に力が入らない。スマートフォンを落としそうになる。

『だよね。わたしも、いまだに信じられない。……でも、西脇くんには変な噂あったからさ、もしかして、それが原因かも。だって、バラバラ死体だよ？』

「変な噂って？」

『いずれにしても、会えない？　明日とかどう？』

明日？　特に用事はないけど。

いや、本当は、予定があった。西脇くんと会う予定が。でも、その西脇くんが亡くなったとなれば、その予定は白紙だ。

っていうことは、例の話も白紙ってこと？

宗教法人を譲り受けて、税金から逃れるという話。

だとしたら、税金、やっぱり、払わなくちゃいけないの？

嘘でしょう。払えるわけないじゃない。

じゃ、差し押さえ？

身体中から力が抜けて、色葉はその場に座り込んだ。

『どうしたの？　色葉。もしかして、泣いている？』

「ううん、……大丈夫」

言ってはみたものの、嗚咽が止まらない。

『やっぱり、明日、会おうよ。みっちょんも誘ったから』

「みっちょんも？」

『うん。……色葉の家、確か、世田谷だったよね？　わたしたち、そっちまで行くからさ。どこか場所、指定してくれない？』

場所？　そんなこと、突然言われても。……あ、じゃ、

「新宿はどう？　新宿のパークハイアット東京」

色葉は、ほとんど無意識にその名前を出した。結婚式で利用したホテルだ。

『うん分かった。じゃ、そのエントランス前で待ち合わせしようか。……午後二時ぐらいでど

う？』

†

「どうした？　顔色悪いぞ」

帰宅したばかりの夫にそう訊かれて、

「うん、高校時代のクラスメイトから電話があって。……ちょっと苦手な人なんだよね。声を聞いただけで、胃がきゅっとしちゃう」

「そうか。なら、とっとと縁を切ったほうがいいよ」

「そういうわけにもいかないのよ。……明日、会うことになっちゃって」

「そうなのか？　断るわけにはいかないのか？」

「そんなことより、西脇くんが亡くなったみたいなのよ」

「え？　どうして」

「詳しいことはわからないんだけど」

そのとき、また着信コールが鳴った。

「モンちゃんかしら？」

「今度はちゃんと断れよ。……あ、風呂、沸いてる？」

「うん」

「じゃ、すっきりしてくるかな」

『わたくし、妙蓮光の会の者でございます』

妙蓮光の会？

あ、例の宗教法人のことか。

『西脇先生から、事情は伺っています。わたくしたちの教団を引き受けてくださると』

「ええ、でも」

西脇くんは、死んだ。

知らないいんだろうか？

「あの。さきほど知人から連絡があって、西脇さんは、亡くなったと」

『え？』

「だから、西脇さんは、亡くなったのです」

『いいえ、そんな。初耳です。でも、だって。……一昨日、会いましたよ』

「それは、何時頃？」

『夜の。……そう、夜の七時頃でしょうか。正式な契約を交わす準備が整ったと。水曜日、席を設けるから、出席するようにと』

なら、一昨日の七時頃は、西脇くんはまだ生きていたんだ。

「警察から、連絡は？」

『いいえ、ありません』

「でしたら、近いうちに連絡がいくと思います。携帯の履歴を当たっているようなので」

『は……そうですか。しかし、とんでもないことになりましたね。では、宗教法人譲渡の件は、どうなるんでしょうか？』

「あの。……もしよかったら、そのお話、進めてもらってもいいでしょうか。改めて、席を設けて」

そうだ。この話はなにがなんでも、成立させなくてはならない。

それまでどちらかというと後ろ向きだった色葉の気持ちが、ひょいと前を向く。

『ええ、こちらは構いませんが。……では、明日、予定通り、お会いしますか？』

「あ、すみません。明日はちょっと約束が入ってしまいまして。日を改めていただけますか？」

†

「え？　それは、まずいだろう」

夫に経緯を説明したところ、それまで前のめりだった夫が、ひょいと後ろ向きになった。

「だって、西脇さん、亡くなったんだろう？」

「でも、契約だけなら、当事者だけでできると思って」

「いや、おれが心配しているのはそういうことじゃなくてさ」

「うん？」

「西脇さん、バラバラ死体で見つかったんだろう？」

「うん」

「バラバラだよ？　大の男を解体するんだよ？　そんなの、一日やそこらでできるもんじゃないよ、本来は。なにかの小説で読んだけど、かなり時間がかかるらしい」

「言われてみれば、そうね」

「でも、そういうことに慣れている組織だったら、不可能ではない」

「組織？」

「反社とか、宗教団体とか」

「宗教団体？」

「昔さ。井の頭公園でバラバラ死体が見つかった事件、覚えてない？」

「ああ、なんかあったわね、そういえば」

「結局未解決事件となったんだけど、あのときも、宗教団体が関係しているんじゃないかって噂があった」

「そうなの？」

「あと、厚木でもバラバラ事件があったじゃないか」

「うん。それはよく覚えている。うちの高校のすぐ近くであった事件だったから」

「あの事件もさ、宗教団体が絡んでいるんじゃないかって、言われていてさ。儀式だったんじゃないかって」

「儀式……」

「その昔、藤沢でも、バラバラ事件があったんだよ。悪魔祓いの儀式として、悪魔に取り憑かれたとされる人物をバラバラにしたんだ」

「そんな事件が……」

「今回ももしかして」

「どういうこと？」

「だから、妙蓮光の会が絡んでいるんじゃないかって」

「え？」

「だって、二日前の七時に、妙蓮光の会の関係者と会っているんだろう？　西脇さんは。どう考えても、怪しくないか？」

「……確かに」

「で、電話してきた妙蓮光の会の人って、どんな感じの人だったんだ？」

「え？」

改めてそう訊かれて、色葉はそのときのやりとりを耳の奥で再生させた。

『わたくし、妙蓮光の会の者でございます』『西脇先生から、事情は伺っています。わたくしたちの教団を引き受けてくださると』『いいえ、そんな。初耳です。でも、だって。……一昨日、会いましたよ』

……あれ？　ちょっと待って。

この声。どこかで聞いたことがある気がする。

どこだったかしら、どこ――

四章

15

「やっぱり、明日、会おうよ。みっちょんも誘ったから」

『みっちょんも？』

「うん。……色葉の家、確か、世田谷だったよね？　わたしたち、そっちまで行くからさ。どこか場所、指定してくれない？」

『新宿はどう？　新宿のパークハイアット東京』

「うん、わかった。じゃ、そのエントランス前で待ち合わせしようか。……午後二時ぐらいでどう？」

電話を終えると、門地奈恵（もんちなえ）は、早速、みっちょんこと黒川美千代（くろかわみちよ）にメールを出した。

「明日、午後二時、新宿のパークハイアット東京のエントランス前で待ち合わせ」

返事はすぐ、来た。

「了解」

相変わらずだ。みっちょんは、メールとなると、恐ろしくシンプルだ。会話だと、だらだらと長くなるのに。あまりにシンプルすぎて、「なんか、怒らせた？」と心配になるほどだ。

しかし、妙なことになった。

あの西脇くんが、死んだ。

西脇満彦。あの男には、昔から変な噂があった。

それを最初に言ったのは、みっちょんだ。いつだったか、

「西脇くん、覚えているでしょう？　あの人、なんか、詐欺師になったみたいよ」

確かに、口が達者なところはあったが、まさか、詐欺師って……。

その一方で、「弁護士」になったという噂も聞いた。詐欺師と弁護士じゃ、百八十度、違っている。

どちらが真実なんだろう？　と思っていたところに、同窓会。万年欠席の西脇くんがどういうわけか参加。そして、もらった名刺には、「弁護士」の肩書き。

「ほら、やっぱり、弁護士じゃない。なによ、詐欺師って」

同窓会の会場でみっちょんを軽く問い詰めると、

「その名刺、本物？」

と、奈恵の手から名刺を奪い取り、それを舐めるように確認する。そして、

「なんか、怪しい。だって、これ、家庭用のプリンターで出力している」

「手作り名刺ってだけで、疑うのは、ちょっと」

「じゃ、電話番号がないのはなんで？」

「え？」

よくよく見ると、確かに、メールアドレスと住所しかない。

「この住所も本物かどうか……」

そう言われて奈恵は、早速、その住所を検索してみた。新橋駅近くの雑居ビルがヒットする。

「架空の住所ではなさそうだけど。このビル、ちゃんと存在してる」

「でも、そのビルに西脇くんの事務所が入っているかなんて、わからないじゃん」

「っていうかさ、なんで、そんなに疑うわけ？」

「だから、詐欺師っていう噂を聞いたからよ」

「誰から？」

「いろんな人から」

「は？」

「ネットよ、ネット。ネットの匿名掲示板で見つけたのよ、西脇くんの悪い噂を」

「なんで、一般人の西脇くんが匿名掲示板で話題になるのよ」

「地元系の掲示板、知らない？」

「なに、それ」

「あるのよ、そういう掲示板が。全国の市町村のさらにその下の地名ごとにスレッドが立っていて、地元民が匿名で集まっているのよ」

「そんなの、見ているんだ」

「だって、うち、一応不動産屋だからさ。地元の噂は貴重な情報源だもん」

「まあ、確かに」

「で、地元のスレッドで、西脇くんが名指しで叩かれていてさ」

「地元って？」

「うちらの高校がある地元よ」

「なんて、叩かれているの？」

「だから、詐欺師だって」

「比喩とかではなくて？『あいつは詐欺師のようなやつだ』みたいな感じとか。それとも、それを投稿した人に悪意があって、西脇くんを貶めようとしているとか」

「でも、かなり具体的な内容が投稿されているのよ。寸借詐欺とか結婚詐欺とかリフォーム詐欺とか投資詐欺とか振り込め詐欺とか。M資金詐欺もあったな、そういえば」

「詐欺のデパート状態じゃん。なんかその噂じたいが怪しいよ。やっぱり、誰かが、西脇くんを陥れようとしているんじゃないの？」

「そうかな……」

「じゃ、今度、この新橋の住所に行ってみる？」

「ええ、そこまでは、ちょっと。うちだって色々と忙しいし」

「でしょう？　っていうか、西脇くんが詐欺師だろうが弁護士だろうが、わたしたちには関係ないじゃん。知ったこっちゃないよ」

「でも……」

「あ、そうか。みっちょん、西脇くんのこと、好きだったんだっけ？　初恋だっけ？」

「…………」

「なら、気になるよね。初恋の人が詐欺師だったら、たまったもんじゃないもんね。初恋の記憶は、美しいままであってほしいよね」

「美しい？　それはないな。だって――」

……そんな会話をした翌々日だった。警察から電話があり、西脇くんの死を知らされた。慌ててみっちょんに電話してみると、彼女にも連絡があったようだ。その声はひどく震えていた。

『……実はさ、……見ちゃったんだよね』

みっちょんが、懺悔するように言った。

「なにを見たの？」

『同窓会の日、西脇くんと色葉が、一緒にタクシーに乗るところ。跡をつけてみると――』

「跡をつけたの!?」

『だって、たまたま車を出して帰ろうとしていたところだったのよ。そしたら、二人がタクシーに乗るところに出くわして。……つけようとしたわけじゃないの。たまたま、方向が同じで』

「わかった、わかった、それで？」

『ホテルに入っていったのよ。……ほら、国道沿いにある――』

「ああ、あのホテル？」

『そう、あのホテル』

「色葉、結婚しているわよね？　西脇くんは？」

『西脇くんはわからないけど、色葉は、間違いなく結婚している』

「どっちにしろ、不倫か。……とんでもないところを目撃しちゃったわね」

『でしょう？　その翌々日に、西脇くんの訃報が飛び込んできたわけよ』

みっちょんは、なにやら意味ありげに言った。奈恵は、身構えた。

「やだ。もしかして、西脇くんの死と色葉は関係あるとでも？」

『そうは断言できないけど。……でも、もしかしたらって』

「いやいや。だって、西脇くん、バラバラ死体で発見されたんだよ？　色葉がそんなことする？」

『っていうかさ。西脇くんって、どういう状態で発見されたんだろう？』

「だから、首なしバラバラ。警察から聞いた話だと、多摩川の河川敷でスーツケースが見つかって、その中に――」

『バラバラっていうぐらいだから、身元はそう簡単にわからないってことよね、本来は。だから、バラバラにするんだろうし。だとしたら、警察は、どうやって西脇くんって断定したんだろう？』

「もしかしたら、断定はしていないのかも。警察によると、西脇くんの名刺入れと携帯電話が切断された死体と一緒に入っていたらしいのよ。で、名刺と携帯の履歴を片っ端から洗っているだけで」

『西脇くんじゃない可能性もあるってこと？』

「その可能性はあるね。だって、まだニュースにもなってないし。ネットにもそれらしき噂は上がってないし」

　奈恵は、スマートフォンを耳に当てた状態で、パソコンの前に座った。先程まで、『西脇満彦』と入力して検索していたところだった。が、特にこれといったものはヒットしなかった。……うん？　でも、待って。本当に弁護士なら、なにかしらヒットするはず。……え、うそ、マジで嘘だったりするの？

　奈恵が、パソコンのディスプレイに気を取られていると、

『じゃ、今は、被害者の特定をしている最中ってこと⁉』

　と、耳元でみっちょんががなり声を上げた。奈恵はスマートフォンを少し離すと、

「たぶん」

『西脇くんかもしれないし、西脇くん以外の誰かかもしれないってこと？　ね、それって、どういうこと？　いやだ、ちょっと、なにそれ！』

　みっちょんが興奮気味に捲し立てる。

　それを宥めるように、

「いずれにしても、色葉に会ってみない？」と、奈恵は提案した。「色葉なら、なにかヒントを持っているかも。みっちょん、水曜日とか大丈夫？」

『……うん、なんとかなるけど』

「じゃ、わたし、色葉に連絡してみる」

　そんなことを言ってはみたが。

本当は、色葉のことが苦手だった。できれば、もう二度と会いたくないとも思っていた。コンプレックスに塗(まみ)れた高校生時代を思い出すからだ。

奈恵は、高校時代、「委員長」とも呼ばれていた。実際、学級委員長をしていたのだが、理由はそれだけではない。

堅物、地味、面白みがない、しゃれが通じない……などなど、ネガティブな印象を総称しての「委員長」というあだ名だった。

当時、メガネをかけていたのも理由のひとつだ。ドラマでヒステリックなママがかけていそうな、銀縁のメガネ。自分で選んだわけじゃない。母親に強要されたのだ。

母親は、保守を絵に描いたような専業主婦で、銀縁メガネに黒ずくめの服にひっつめ髪。娘にもそれを強制した。

本当は、髪を脱色したかった。メイクだって挑戦したかった。ミニスカートもはいてみたかった。ルーズソックスだって……。

ひた隠しにしていた憧れを体現していたのが、色葉だった。

まるで、ファッション誌から飛び出してきたような、ギャル。校則で禁止されていたことをすべて、やってのけた。

憧憬を抱くと同時に、凄まじい嫌悪を覚えた。

なんで、自分はこんなに我慢しているのに、あの子はその我慢ができないの？

なんで、ルールを守らないの？

一人だけ、好き放題やっているなんて、許せない。

許せない！

今思えば、それは嫉妬心だったのかもしれない。

嫉妬心とは、言うまでもなく、コンプレックスの裏返しだ。

みっちょんだって、わたしと同じだったはずだ。なのに、気がつけば、彼女は色葉の信奉者となり、あちら側についた。それもまた、コンプレックスの裏返しなのだろう。コンプレックスを払拭するには、その対象を徹底的に否定するか、徹底的に受け入れるか、どちらかしかない。

本当は、無視すればいいだけのことなのに。

それができないから、コンプレックスなのだろうか。

コンプレックスは、心の奥底にいくつもの傷を残す。

社会的な成功を手にした今でも、その傷跡は青春時代の代償として、奈恵の中に残る。小さな疼きとともに。

だから、色葉には会いたくなかった。古傷を抉られるのはまっぴらごめんだった。幸い今までは、色葉から同窓会の案内の返信すら来たことがなかったが、今年はどうしたことか、『出席』に丸がついて、返信されてきた。

一瞬にして、高校時代が蘇った。どこにいても色葉の気配を感じ、つい、その姿を捜していたあの頃が。訳のわからないイライラと動悸に苦しめられたあの頃が。

でも、二十数年ぶりに再会した色葉は、ただの人になっていた。ＰＴＡの帰りのような、紺色のスーツにメイクにヘアースタイル。はじめは、誰かわからなかった。高校時代のオーラがすべて吹き飛んでしまっていた。

内心、ほくそ笑んだ。これで、自分のコンプレックスも吹き飛ぶと。

が、次第に、息苦しくなってきた。

……結局、幸せな家庭を手に入れたんだ、あの子は！　男たちに弄(もてあそ)ばれ、道を踏み外し、社会の底辺まで堕(お)ちるだろう……と予想していたのに。その予想が、コンプレックスを癒してきたのに。でも、実際はまったく違った。ギャルだったくせに、普通に幸せになっている！

そう思ったら、今までとはまったく違うコンプレックスが頭をもたげてきた。

わたしが諦めた人生を、あの子は手に入れた！

そう、奈恵は、結婚の機会をいくつも逃している。仕事を優先した結果だ。今は、立派なおひとりさまだ。地元では誰もが羨ましがるタワーマンションに住んでいるが、これが本当に手に入れたかったものかは、自分でもわからない。

だって、全然、幸せを感じない。いつだったか、遊びでやってみた「脳内メーカー」というネットアプリ。結果は、「仕事、仕事、仕事。数字、数字、数字」。笑った。笑うしかなかった。……そのものズバリだったからだ。人を見ればお金に換算する癖がつき、なにをするのでも数字(ノルマ)がちらつく。恋愛をしていても、頭の中は、仕事と数字。

そう、仕事を優先しすぎて、そっち方面はなおざりにしてきた。そのせいか、高い金を出してエステに通っても、肌はいつも、ざらついている。

なのに、色葉は、同窓会で再会した男と、アバンチュールを楽しんでいたという。

なんなの、それ！

わたしが絶対に、できないことじゃん！　なんであの子は、わたしがしたくてもできないことばかり、易々とやってのけるの？

でも。

そのアバンチュールは、散々な結果で終わったようだ。なにしろ、相手の西脇くんが、死んだ。

もしかしたら、色葉がなにか関係している？

そこまで考えて、奈恵は、どうしようもなく興奮していることに気がついた。まるで、書店に入ったとき突然襲ってくる便意のように、腸が蠕動運動まではじめた。

奈恵は、ステップを踏むように、トイレに急いだ。

16

水曜日。

新宿のパークハイアット東京、エントランス前。

約束の時間になっても、色葉は現れない。

「もう、二十分も過ぎたよ」

みっちょんが、これ見よがしに腕時計を見る。

「色葉から、連絡は？」

訊かれて、奈恵はゆっくりと頭を横に振った。

電話をしても、出ない。留守番電話サービスにメッセージをいくつか残し、ショートメールも送ってみた。が、どちらも返信はない。

ドアマンが、こちらをちらりと見る。もう何度、目が合ったか。

「ね、こんなところで突っ立っていたら、さすがに、変に思われる。中に入ろうよ。……そうそう、四十一階にティールームがあるはずだからさ。そこでお茶してよう。色葉にはメールでそのことを伝えてさ」

提案されて、奈恵は、こくりと頷いた。


四十一階の、ピークラウンジ。

アフタヌーンティーを注文した二人は、ここに来た目的など忘れて、その極上のお茶とスイーツに舌鼓を打つ。

「ところでさ。みっちょんは、今日、仕事は大丈夫だったの？」

「本当は、打ち合わせの予定があったのよ。新しいＣＭの」

「新しいＣＭ？　今のやつから変えるの？」

「そう。なんか、女優がさ、いろいろ面倒くさいのよ」

「ああ、あの女優ね。名前はなんていったかしら。……確か、子役上がりの女優よね？」

「そう。子役時代は結構人気あったけど、中学生になった頃から一時、姿を消した」

「子役のあるあるね。子供っぽさがなくなる時期に、人気がガタ落ちするパターン。子役時代に人気があった人ほど、陥りやすい」

「そうそう、そのパターン。で、成人後、また、芸能界に復帰するんだけど。……やっぱりあまりパッとしなかった」

「そんな人を、なぜ、ＣＭに？」

「父親が決めたのよ。理由はわからないけど」

「ギャラが安いとか？」

「それはない。むしろ、破格の待遇よ。それが、上層部の間でずっと問題になってて。だから、契約更新はしないでおこう……ってことになったの」

「なるほどね。それで、新しいＣＭか」

「そう。今日、広告代理店の担当と打ち合わせがある予定だったんだけどね、……横槍が入って、ドタキャンするはめに」

「横槍？」

「その子役上がりの女優が、クレームを入れてきたのよ。契約更新しろって。更新しなければ、訴えるって」

「なに、それ」

「マジで面倒なことになっているのよ。ほんと、いやんなっちゃう」

「会社が大きくなると、面倒も多くなるわね」

「ほんと。昔のまま、小さな地元の不動産屋でよかったのに。……って、うちのことはどうでもいいのよ。色葉は？　まだ、連絡ない？」

言われて、奈恵は傍らのスマートフォンを手にした。……返信はない。

「でもさ、色葉も大変よね」

みっちょんが、スコーンにクロテッドクリームを塗りながら言った。

「なにが、大変なの？」

「気がつかなった？」

「何に？」

「ファンデーションで隠していたけど、黄疸出てた。白目も真っ黄色だった」

「え？　黄疸？」

「あれは、かなり肝臓を悪くしていると思う。……たぶん、深酒でもしてんのかもね」

「深酒？　まさか」

「うそ、それも気がつかなかった？　色葉、うっすらアルコールの臭いしてたじゃん。あれは、朝から飲んでいる証拠だよ。同窓会のときも、ワインやらシャンパンやら、ぐいぐいやってたし」

「……全然、気がつかなかった」

「まあ、モンちゃんは、そういうところあるよね。昔から鈍感というか」

「なによ」

「褒めてんのよ。人間、鈍感なぐらいがちょうどいいのよ。下手に繊細だと、色葉のように酒に溺れることになる。……で、ついには不倫なんかもしちゃう」

「でも、色葉、なんでそんなことに」

「まあ、息子さんが原因かもね」

「息子……？」

「息子さん、割と有名なユーチューバーでね」

「ユーチューバー⁉」

「そう。ゲームの実況動画を配信していて、登録者数も優に五十万超え」

「そんなに！　だったら、結構、儲けているんじゃない？」

「うん、たぶん、相当儲けている。で、税務署から調査が入ったみたいなのよ」

「もしかして、税金、払ってないの？」

「みたいよ」

「あらら……」

　奈恵は、フィンガーサンドを摘まみながら、肩をすくめた。そして、

「っていうか、なんで、そんなに詳しいの？」

「その動画、家族のこととかをあけすけに愚痴りながら配信するのが特徴でね、トーク目当てに視聴する人も多いのよ」

「あけすけって、もしかして、実名で？」

「そう。母親のことも『いろは』って呼び捨て。母親の経歴も詳細に暴露していて、それで、『あ、色葉のことだ』って、ピンときたの」

「っていうかさ、みっちょん、そんな動画見てるんだ」

「たまたまよ。ライバル不動産会社の動画を見ていたら、たまたまお勧めとして表示されたのよ。刺激的なサムネだったんで、つい、アクセスしちゃったの。そしたらなかなか面白くてさ。なんだかんだ、毎日見るようになって――」

「しかし、怖い時代になったもんね。かつてのクラスメイトの現状を、そんな形で知ることになるなんてさ」

「ほんと。もしかしたら、自分のことも誰かが動画で暴露してんじゃないの？　って怖くなったりして」

「確かに」

笑ってみたが、実際は笑えない。奈恵もかつて、仕事のトラブルが原因で、匿名掲示板で執拗に叩かれたことがあった。叩いていたのは表向きは人格者と言われている同業者で、愕然としたものだ。一時は人間不信にもなった。

「でね」みっちょんが、アールグレイティーをポットから注ぎながら言った。「色葉の息子さん、ここ数日、配信が途絶えているんだよね」

「毎日、配信していたの？」

「そう。それまではね。なのに、ぱったりと配信が途絶えたのよ。しかも、同窓会があった翌日の夜から」

「同窓会って、……わたしたちの？」

「そう。もしかして、なにかあったんじゃないかなぁって。例えば、税金のこととか。だって、本当に切羽詰まった感じだったのよ。このままだと、家を差し押さえられるかもって」

「差し押さえられるって。いったい、どんだけ税金を滞納していたの？」

「滞納していた具体的な額はよくわからないけど。……でも、ずっと納税してこなかったらしいから、かなりの金額になると思う。それこそ、一千万円とか」

「一千万円！」

「だって、稼いでいたもん。彼、収益もわりと具体的に晒していたんだけどさ、多い月で、五百万円の収入があったらしい」

「収益って、バラしちゃいけないルールじゃなかった？」

「単位は円じゃなくて、みかんとかバナナとか比喩をつかって、バラしていた」

「五百万バナナ……みたいな？」

「そうそう、そんな感じ」

「そんなに稼いでいたなら、蓄えとかあるんじゃないの？」

「ところが、収益はすべて、ゲームの課金やらオンラインカジノやらに注ぎ込んで、ほとんど溶かしちゃったんだって」

ゲームの課金に、オンラインカジノ。……まったくもって、今の時代は恐ろしい。

奈恵が啞然としている間にも、みっちょんの話は続いた。

「きっと、色葉も頭を抱えていたと思う。知らない間に、息子がそんなことになっていて。だから、今年の同窓会にも参加しないと思っていたのよ。それどころじゃないだろうって。なのに、参加でしょう？　あれは、どういう心境だったんだろうって」

「やけくそとか？」

「まあ、それもあるかもしれないけど。もしかしたら、金蔓を探していた可能性も――」

「は？　金蔓？」

「金蔓って言葉はちょっとアレね。うん、訂正する。……借金できる相手を物色しに同窓会に来たんじゃないかと思うの」

「まさか……」

「だって、よくいるじゃない。同窓会に参加して、妙な投資や商品を勧める人。前にもいたでしょう？　あからさまに宗教の勧誘をはじめた人」

「ああ……」

高校時代はまったく目立たなかった、Hさん。一度も喋ったことはなく、そんな人がいたということも忘れていたというのに、数年ぶりに再会したHさんはひどく積極的で、ぐいぐいと迫ってきた。そして、一冊のパンフレットを押し付けてきたのだった。それは、後にあるスキャンダルで日本中を騒がせた新興宗教団体のパンフレットで、それを手にしたHさんの瞳は、恐ろしいほどに澄み切っていた。まるで、透明な底なし沼のようだった。

「色葉も、もしかしたら、なにか下心があって、同窓会に参加したんじゃないかと思うの」

「……そうかな」

「西脇くんと、ラブホに行ったのもその一環だったんじゃないかと」

〝ラブホ〟というワードが飛び出してきて、奈恵は思わず、手にしたフォークを落としそうになった。このラグジュアリーな空間に、最も不似合いなワードだ。

みっちょんは、こういうところがある。東大卒の秀才ではあるが、秀才にありがちな、場違いな発言。高校時代に比べたら少しはマシになったが、……やっぱり、相変わらずの不思議ちゃんだ。

咳払いすると、

「ところで、西脇くんはなんで今回、同窓会に参加したんだろうね？」

「やっぱり、なにか下心があったんだと思う」

みっちょんが、一瞬、視線を逸らした。

そして、ウインドーに広がる大パノラマに視線を巡らせる。奈恵もそれを追った。

しかし、こうやって見ると、東京はハリボテの大都会だ。背の高いビルの後ろには、再開発が進まぬまま放置されている住宅密集地。……できの悪い箱庭を見ているようだ。

「なんか、この位置から街を見ると、神様の気分になるね」

みっちょんが、ぼそりと言った。続けて、

「なんかのアニメのセリフじゃないけど、……ビルも人も、ゴミみたい」

「ゴミって。……さすがにそれは言い過ぎ。せめて、ジオラマとかさ。っていうかさ、神様が、ゴミって思うかな？」

みっちょんが、視線をこちらに合わせてきた。そして、

「思うよ。だって、神様ってそういうものじゃない？」

は？　意味がわからない。でも、こんなことで言い争いになるのはつまらない。「ところでさ」と、話題を変えようとしたとき、

「ところでさ」と、みっちょんも話題を変えてきた。奈恵は出かかった言葉を呑み込み、みっちょんの次の言葉を待った。

「バラバラ事件といえば――」

またもや、この場に相応しくないワードが飛び出してきて、奈恵は固まった。ちょうどやって

きたウエイトレスが、「お茶のお代わりいかがでしょうか？」と訊いてこなかったら、変な声が出ていただろう。

「あ、じゃ、ダージリンを――」

と奈恵はしどろもどろで答えたが、みっちょんはお構いなしに、

「あのバラバラ事件は、怖かったよねぇ」などと、話題を続けた。

ウエイトレスは変わらぬ笑顔で去っていったが、奈恵の脇からは大量の汗が滲み出る。

「ほら、覚えてない？　高校の近くの家で、バラバラ事件があったじゃない」

ああ、アレね。

いつも通っていた道にあった家だったものだから、その事件のニュースを聞いたときは、驚きとともに吐き気が止まらなかった。バラバラにされている最中に、その前の道を通っていたかもしれないと思っただけで。それでも、学校に行くにはわたしの家からはあの道を通るしかなかった。だから事件後は、恐怖心を抑えるために大好きな歌を歌いながらあの道を通ったものだ。

……村下孝蔵の『初恋』。今も、その曲を聴くと、あの頃を思い出す。

「事件現場になった家さ、今もあるんだよ。知ってた？」

みっちょんが、どこか得意げに言った。

「しかもさ、その家、うちの会社が担当することになってさ」

「担当って……？」

「ずっと空き家のままだったんだけどね、うちの父親が管理を引き受けたんだよね」

「お父さん、引退してたんじゃなかった？」

「形だけね。今も現場でバリバリ働いている。あの人、根っからの不動産屋だからさ。訳あり物件があると、我先にと飛びついちゃうんだよね」

「でも、普通、訳あり物件は避けるんじゃないの？」

「うちの親に言わせると、訳あり物件を大化けさせて、高値で売るのが不動産屋の真骨頂なんだって」

「でも、さすがにバラバラ事件があった家は難しいんじゃない？　だって、バラバラだよ？」

　奈恵は、「バラバラ」を連呼している自分に気がつき、唇を止めた。そして、取り繕うようにティーカップの中身を飲み干した。

　が、みっちょんは気にせずに話題を続ける。

「で、例のバラバラ屋敷も『絶対に売ってやる！』と意気込んでるのよ。確かに、あの辺は、立地はいいのよ。でも、あのバラバラ屋敷のせいで、周辺の不動産相場もどん詰まり。でも、あのバラバラ屋敷さえどうにかなれば、あの辺は大化けすると、うちも踏んでいる。いわば、土地のロンダリングね」

　ロンダリング……浄化か。でも、そんなにうまくいくのかしら。だって、あの家は、オカルト界隈でも有名な事故物件。キーワードを入力すれば、いろんなサイトがヒットする。

「そもそも、なんで今まで放置されていたの？」

　我慢できず、奈恵は質問を繰り出した。

「それまでは、所有者が不明だったらしいのよ。ところがここにきて、相続人が現れたらしくて」

「相続人って、どんな人？」

「さあ。遠い親戚なんじゃないのかしら。うちも詳しいことは知らないけど」

「でも、そんなのを相続した人も、気の毒よね。わたしだったら、放棄する」

「放棄につぐ放棄で、ようやく今の相続人に辿り着いたんじゃないかな」

「っていうかさ。元の所有者は誰だったの？　あの事件と関わりがある人なの？」

「それがさ」みっちょんはここでようやく、声を潜めた。「登記簿を閲覧してみたらね、ちょっと面白いことがわかったんだけど――」

ここで、着信音が鳴った。奈恵のスマートフォンからだ。

画面を見てみると、色葉だった。

奈恵は、慌てて、スマートフォンを手にし席を立った。


「色葉、どうしたの？」

『ああ、すみません。わたくし、色葉の夫でして。色葉のスマートフォンからかけているんですが』

「え？　旦那さん？」

なんで？

『すみません、本日、妻は行けなくなりました』

「どうしてですか？」

『ちょっと、いろいろあって――』

いろいろって。……こんなところを指定しておいて、今更。

『ほんと、ごめんなさい。じゃ』

そして、電話は一方的に切れた。

テーブルに戻ると、

「色葉、なんだって？」と、みっちょんが不安げに訊いてきた。「やっぱり、来られないって？」

「やっぱりって？」

「だって。……ほら、さっきも話した、ユーチューバーの息子さんになにかあったのかなって」

「配信が止まっているんだっけ」

「うん」

「息子さんの件でごたついているのかどうかはわからないけど。……電話してきたのは、色葉の旦那さんだった」

「旦那さんが？」

「しかも、なんだか様子が変だったんだよね。ちょっと気になる」

「様子が変て？　どんなふうに？」

「うまく説明できないけど。……とにかく、変だった」

「ふーん」みっちょんが、プチタルトを手にした。そして、「じゃ、今日は三人だけか」

「は？　三人？」

「うん、実は、もう一人、声をかけたんだ。……牛田祥子って覚えてない？」

「うしだ……しょうこ？」最初はピンとこなかったが、その名前を繰り返し口にしていると、「あ、牛田祥子ね！　新聞部の」

「そう。今日は、彼女も呼んでいるの。この近くに住んでいるっていうから誘ってみた」

「牛田さん、この辺に住んでいるんだ」

「この辺っていっても、中野だけど」

「彼女、今はなにを？」

「大学を卒業後は新聞社で働いていたみたいなんだけど、今はフリーライターをしているって」

牛田祥子。だんだん思い出してきた。三つ編み黒縁メガネの、絵に描いたようなオタク女子。一度、彼女が読んでいた小説を見せてもらったことがある。少年ふたりが絡んでいる漫画風のイラストが表紙で、ちょっとビビった記憶がある。いわゆる、ＢＬだ。今ではすっかり市民権を得ているが、当時はまだまだ隠れて読むもので、なのに牛田さんは、表紙にカバーもかけずに堂々と読んでいたっけ。……そうそう、借りたその小説が案外面白くて、一時、自分もその手の小説にハマっていたことがあった。……正直に言うと、今も時々読んでいる。……本当に時々だ。月に二冊程度。……これでもだいぶ少なくなったのだ。以前は、毎日一冊は読破していた。多いときで三冊。月に百冊を超えていたときもある。……近くの書店や古本屋を巡って買いあさっていたものだ。それでも足りなくて、電車を乗り継いで中野にまで足を運んだ。中野には、その手の本の聖地のような場所がある。

「あ、だから、中野なのか」

「え？　なに？」みっちょんが怪訝(けげん)そうな顔でこちらを覗き込む。

「ううん。なんでもない」

みっちょんは、その手の本には無縁の人間だ。むしろ毛嫌いしていた。だから、牛田さんとも親交はなかったはずなのだが。……なんで、今日、彼女を呼び出したんだろう？　呼び出したからには、ある程度の親交があるってことよね？

「みっちょん、牛田さんと仲よかったっけ？」訊いてみると、

「高校時代は、数回しかしゃべったことないかな。ちょっと苦手だった」

だよね？

「あれは五年前だったかな？　同窓会の案内状とか手配していたときに、直接電話があってね。そのときに、なんだか話が盛り上がっちゃって」

なんの話で盛り上がったんだろう？

「ゲームよ、ゲーム。うちもハマっているゲームに祥子もハマっていてね。それで、ぐんと距離が縮まったってわけ。今では、メル友よ」

……いつのまに、そんな仲に？

みっちょんの手元のスマートフォンが点滅している。メールを受信したようだ。

「祥子、到着したみたい。すぐに来るって」

その五分後。

「お待たせぇ」とドタバタとひとりのおばちゃんが駆け寄ってきた。

牛田さんだ。一目でわかった。三つ編みにメガネ。

「やだー、モンちゃん、超お久しぶり！　全然変わってないね！」

いやいや、それは、こっちの台詞だ。

そして牛田さんは、相変わらずドタバタと席につき、ドタバタとアフタヌーンティーセットを注文した。

それからは、しばらくはみっちょんと牛田さんのゲーム話が続き、奈恵は蚊帳の外に甘んじた。

「で、色葉はどうしたの？」

と、牛田さんの視線がようやくこちらに向けられた。

「さっき電話があって。今日はキャンセルだって」

「うっそー、色葉と会うの、楽しみにしていたのに。だって、マンソンの母親だよ？」

「マンソン？」

「色葉の息子さんのハンドルネーム」みっちょんが口を挟んだ。「ゲーム配信界隈じゃさ、ちょっとした騒ぎになってんのよ。マンソンの配信が止まったって。もしかしたら、脱税で逮捕されたんじゃないかって」

「色葉の息子さんって、そんなに有名人なの？」

「あたりまえじゃない！」「教祖だもん」みっちょんと牛田さんが綺麗にハモる。

「教祖？」

「そう、教祖」みっちょんが、フィナンシェをかじりながら言った。「マンソン、知らない？チャールズ・マンソン」

「えーと。聞いたことあるような、ないような……」

「アメリカの有名なカルト集団の教祖よ。何度も映画化されている超有名人。投獄されたあとも信者になる人が続出して、獄死した今も後をたたない」

牛田さんが、興奮気味に言った。

「なんだって、そんな物騒な人の名前をハンドルネームに？」

「彼が主に配信していたゲームが『サタンウォーズ』っていうタイトルで、その中で、〝マンソン〟は重要なキャラクターなのよ。〝マンソンファミリー〟を率いて、世界を浄化するために、次々と人を殺していくっていう設定」

「悪趣味な設定ね……」

「その悪趣味がサブカル好きな人の間で人気でね、ゲームじたいはマイナーなんだけど、かなりの信者がいるんだ。……私もその一人なんだけどね」

牛田さんが、誇らしげに言った。そして、

「色葉の息子さんは、ゲームのマンソンと同一化していて、彼を崇拝している人も多いのよ。そんな彼の配信が止まったんだもん、そりゃ大騒ぎよ」

牛田さんが、軽くテーブルを叩いた。続けて、

「私もかなり気になっている。だから、今日は色葉に会えるのをめちゃ楽しみにしていたんだよ。……で、モンちゃんは、色葉と電話で話したんだよね？　どんな感じだった？」

「うーん、なんとなくなんだけど。……様子がおかしかったというか」

「やっぱり」

牛田さんとみっちょんが顔を見合わせた。そして、二人して、うんうんと頷きあう。

「いや、でも、ちょっと待ってよ。今日は、西脇くんの件で集まったんだよね？　色葉の息子さ

んのことはどうでもいいじゃない」

　奈恵が言うと、

「どうでも」「よくないよ！」

と、またもや、みっちょんと牛田さんの声が見事にハモった。さらに、

「だって、西脇くんも、マンソンの熱心な視聴者だったんだから」と、みっちょん。

「え？　西脇くんが？」

「そう。だから、先日の同窓会にも出席したんだと思う。だって、わざわざ電話があって、訊かれたんだよ。色葉も出席するか？　って。で、うちが、『西脇くん、まだ色葉のこと好きなの？』ってからかったら、『いや、違う。息子さんのほうに興味があるんだ』って。なんで？　って追及したら、色々白状した。マンソンの動画にハマっているって」

「じゃ、西脇くんは色葉が目当てじゃなかったの？　でも、あの二人、ラブホに――」

　ここまで言って、奈恵は口元に手を当てた。

　わたしったら、なんてことを。ここは、ファミレスでもなければ居酒屋でもない。東京でも一、二を争う、ラグジュアリーな空間なのに。

「まあ、聞いた話だと、西脇くん、とんだすけこましみたいだからね。結婚詐欺の疑惑もあるらしい」

　牛田さんが、これまた品のないことを言う。

「でもさ、やっぱり信じられないよ。なんで、あの西脇くんが、詐欺師みたいな真似をしているんだろう？」

奈恵は、高校時代の西脇くんを思い浮かべながら言った。

あの頃は、西脇くんは人格者として知られていた。ある意味、ヒーローだった。成績はトップクラスで生徒会長で。そして好きな女子のために校則まで変えようとした。好きな女子というのは、言うまでもなく色葉のことだ。将来も嘱望されていた。西脇くんなら、間違いなく成功者になると。日本を、いや、世界を動かすキーマンになるのも夢ではないと。実際、西脇くんも大志を抱いていたはずだ。卒業文集には、『世界を舞台に平和のために働きたい』的なことが書かれていた。

なのに、詐欺師？　いや、それはまだわからない。まだ噂の域だ。ただの誹謗中傷の可能性もある。もしかしたら、本当に弁護士として活躍していたのかもしれない。世界平和のために。……いやいや、だとしても、色葉が既婚者であることを知っていて、ラブホに行ったんだよ？人格者がするような行為？　いやいや、人格者だとしても、所詮は人間だ。高校時代に好きだった子と再会して、理性が吹っ飛んだのかもしれない。いやいや、だとしても——。

「西脇くんってさ、実はいじめられっ子だったの知ってた？」

みっちょんが、どこか得意げに言った。

「ほら、うち、西脇くんとは小学校から一緒だったからさ。彼のことはよく知ってんの。小学校、中学校までは絵に描いたようなネクラでさ」

「ネクラなんて、死語」

牛田さんが茶々を入れるが、みっちょんは続けた。

「いじめられたり、いじられたりして、一時は不登校だったときもあるんだよね」

「本当に？」

まったく、信じられない。あの西脇くんが……？

「でも、高校デビューと同時に、キャラをがらりと変えたんだよ。みんなが認識している人格者で優等生で口の立つ〝西脇くん〟にね。……まあ、彼はカメレオン的なところがあったからさ、その場その場に応じて、擬態するっていうか。演技するというか。だから、彼が今、詐欺師になったとしても、うちは全然驚かない。むしろ、納得」

奈恵が言葉を失っていると、

「実はさ、私、今までずっと心に秘めていたことがあるんだけどさ」

牛田さんが、一転、神妙な面持ちで言った。彼女の前には、いつのまにかアフタヌーンティーセットが届いている。

「ほら、高校時代、変な事件があったじゃない？　バラバラ事件」

「ああ」

また、この話題か。高校時代の知り合いと集まると、必ずこの話になる。それだけインパクトのある事件だったわけだが、それでも、三年間のうちの、ほんの一瞬の出来事だ。他にもたくさんの時間が流れ、楽しい思い出も、しょっぱい記憶もあるはずなのに、まるで三年間が「バラバラ事件」一色に染まっていたかのように、卒業して二十五年経ってもこの話題だけは色褪せない。どころか、この話題にしかならない。

「私さ、実はさ、事件前にあの家に行ったことあるんだよね」

牛田さんが、声を潜めた。

「え?」「そうなの?」

今度は、奈恵とみっちょんの声がハモった。

「私、新聞部だったじゃない。で、世論調査の真似のようなことをしたことがあったのよ。学校周辺の家を一軒一軒回って、ゴミ問題について意見を聞いていたの」

「ゴミ問題?」みっちょんが反応した。

「ほら、当時、あの辺ってゴミの分別がまだまだだったでしょう? で、それを巡って、住民同士が分断されていたじゃない」

「ああ、あったね、そういうこと。ゴミの収集を有料にするかしないかも、意見が分かれていた」

「そう。で、うちの部でも住民たちの意見を聞いてみようってことになって。それで、一軒一軒、直接訪ねてみたのよ」

「それで、例の事件現場になった家も訪ねたんだ」

「そう。いつ行っても、留守でね」

「空き家だったの?」

「ううん。人の出入りはあった。しかも、一人や二人じゃないのよ。五人とか多いときで十人とかが出入りしているのを目撃したから」

「住宅としてではなくて、なにかの集会場として使用していたとか?」

「はじめはそうも考えたんだけど、二階の部屋には誰かが住んでいたようで——」ここで、牛田さんの声のトーンが極端に落ちた。まるで怪談を語る人のように、顔にも影が落ちる。

「時折、カーテンの隙間から人影が見えてね。……で、私、その人と目が合っちゃったのよ。なんか、包帯だらけで。ミイラみたいで。……思えば、その人が、事件の被害者だったんじゃないかって」

「それが、ずっと心の中に秘めていたこと？」奈恵が訊くと、

「ううん、違う」

「じゃ、秘めていたことって？」

「西脇くんよ。私、その家から西脇くんが出てくるのを見たことがあるのよ」

「うん？　どういうこと？」

「しかも、一度じゃないのよ。少なくとも私が目撃したのは、五回」

「五回？」みっちょんが身を乗り出した。続けて、「一度だったらなにかの見間違いか偶然っていうことも考えられるけど、五回っていうのは、ちょっと、アレね」

「でしょう？　はじめ、西脇くん、あの家に住んでんの？　とすら思ったものよ。で、私、西脇くんに直接訊いてみようって思ったの。そしたら、あの事件でしょう？　やっぱ……って」

「で？　西脇くんに訊いてみたの？」みっちょんがさらに身を乗り出した。

「まさか」牛田さんが力なく首を横に振った。「あんなことが行われていた家だよ？　首を突っ込んだら、私までなにをされるかわからないじゃん」

「で、心に秘めたんだ」みっちょんが、少し落胆した様子でティーカップの中身を啜った。

「そう。でも、ことあるごとに思い出しちゃうんだよね。私、なにか重要なことを隠蔽しちゃったんじゃないかって」

「隠蔽？」今度は奈恵が身を乗り出した。

「だって、そうでしょう？　仮に、西脇くんをあの家で見たって警察に届けてれば、事件は未解決にならなかったかもしれないじゃん」

「まあ……確かに……」

「棘みたいな感じに、このことがずっと心に引っかかっていてさ。悪夢にうなされることもある。警察に届けたほうがいい？　それとも？　って悩んでいるうちに、今日まできた」

「今日、それを打ち明けようと思ったのは？」

「だから、西脇くんが死んだからよ。なんか、封印が解けたというか」

「つまり、祥子は、西脇くんを疑っていたっていうこと？」みっちょんが言うと、

「え？」と、牛田さんが意外だというように目を見開いた。

「だって、そうじゃない。西脇くんのことを言えば、自分がなにかされるかもしれないって思っていたんでしょう？　つまりそれは、西脇くんが事件に関与しているかもって疑っているということでしょう？」

「なるほど。そうなるか」

牛田さんは、今更ながらに納得した。「そうか、私、西脇くんを疑っていたんだ」

自分にいい聞かせるようにしばらくはひとり頷きながらお茶を啜っていた牛田さんだったが、

「じゃ、西脇くんも、臓器売買に関わっていたのかな？」

「は？」「臓器売買？」

奈恵とみっちょんが同時に驚きの声を上げたので、牛田さんはあからさまに仰け反った。

「うそ。知らないの？　あの事件には臓器売買組織がからんでいたんだよ」

「全然」「知らなかった！」

ウエイトレスが、お代わりのお茶はいかがですか？　とやってきた。慌てて取り繕いそれぞれお代わりを注文する。ウエイトレスの姿が消えると、

「でも、未解決事件だったよね？」と、奈恵は話題を続けた。

「うん。犯人は見つかってないからね、未解決には間違いない。でも、動機はほぼ確定している。臓器売買のために、被害者は飼い殺しにされていたんだよ」

「飼い殺し？」なんとも物騒な。奈恵は声を震わせた。

「そう。最低限の栄養で生かされて、日常的に血を抜かれて、腎臓もひとつ摘出されていた」

「血も抜かれていたの？」

「輸血用に闇ルートで売買されていたみたいね」

「え、でも、バラバラだったんでは？」

「バラバラっていうのは、誰かが誇張してそう言ったから、私たちの周辺でそう呼ばれているだけで。実際には、『厚木臓器売買事件』って呼ばれている。ネット百科事典にもそうあるよ」

奈恵は、さっそくスマートフォンで検索をかけてみた。

……ほんとうだ。てっきり、「厚木バラバラ事件」だとばかり。

「でも、その被害者、生きてはいたんだよね？　生きながらバラバラにされたって聞いたけど」

「臓器売買が目的だからね、生かされてはいた。でも、発見時は瀕死状態。なにしろ、肝臓も切り取られていたから」

「肝臓まで⁉」

「そう。腎臓もひとつ取り出されて、肝臓まで切り取られていたから、もうどうにも手の施しようがなくて、保護されたあとすぐに亡くなったみたい」

「でも、ちょっと待って。臓器移植って、日本で認められたの、もっと後じゃない？　えっと、確か——」

奈恵が言いながら、スマートフォンの画面に指を滑らせていく。

「ほら、やっぱり。日本で合法的に最初の臓器移植が行われたのは、一九九九年だって」

「それは、脳死移植の場合ね」牛田さんがジャーナリストの顔で言った。「腎臓と膵臓と角膜に限っては、死者からの移植はすでに認められていた。生体肝移植もね」

「あ、そうなんだ。……それでも、臓器売買は違法だよね？」

「もちろん。でも、今も昔も、闇マーケットは後をたたない」

「で、生きながらバラバラにされたその被害者は、結局誰だったの？」

「それも不明。年齢は十代後半から二十代の男性っていうことはわかっているんだけど、身元はわからなかった。たぶん、家出人かホームレスか」

「なんだろう、これ？」それまでずっと黙したままスマートフォンの検索に没頭していたみっちょんが、ひとりごとのように言った。「ね、妙蓮光の会ってなんだかわかる？」

「妙蓮光の会？」奈恵は、みっちょんのスマートフォンを覗き込んだ。「……なんかの宗教？」

「だよね、それっぽいよね」

「でも、なんで？」

「〝厚木臓器売買事件〟で検索していたら関連ワードとして表示されたのよ」

「関連ワードってことは、〝厚木臓器売買事件〟と同時に検索されがちなワードってことよね」

「あ」

牛田さんが、唐突に自身の二の腕をかき抱いた。その顔には血の気がない。

「祥子、どうしたの？」みっちょんの質問に、

「それ、検索したの私かも。何回か検索したから、関連ワードに上がったのかもしれない」と、
牛田さんはさらに言葉を震わせた。

「どういうこと？」

「……私、実は、もうひとつ、心に秘めていたことがあって――」

そして、声のボリュームを限りなく落とした。あまりに小さくて、ほとんど聞き取れない。

「え？」「なんて？」

奈恵とみっちょんは、牛田さんに向かって最大限に体を伸ばした。

「……あの事件があった頃、勧誘されたことがあるんだ。妙蓮光の会に」

†

世論調査の真似をして、高校の周辺の街を歩いていたときよ。

「すみません。アンケートお願いします」って女性に声をかけられたの。

私もアンケートをする身だったから、邪険にはできなかった。だって、断られる辛さを充分に

理解していたから。だから、「はい。いいですよ」って、快諾したの。

その人の笑顔が忘れられない。泣きそうなぐらいに喜んでくれて。きっと、それまでにたくさんの人に断られちゃったんだろうな……、気の毒にって、なんだか、シンパシーを感じちゃって。

その女性は、一見若く見えたけど、でも、よくよく見ると白髪がたくさんあって、手の血管も浮きまくっていた。生活に疲れ切っているって感じだった。そのくせ、目だけは爛々と輝いていてね、そのギャップにちょっと違和感があって怖くもあったんだけど、「じゃ、そこの喫茶店でお茶しながら――」なんていう誘いに乗ってしまったの。アンケートのお礼に奢ってくれるっていうから。

でも、すぐに後悔した。そのアンケートっていうのが、ちょっとアレで。

全部で二十問ぐらいあったんだけど、最後の質問が「輪廻を信じますか」的なもので、ピンときた。これ、宗教の勧誘だって。

ほら、当時、例のカルト教団が連日ニュースになっていたじゃない。そうそう、地下鉄サリン事件。あの教団も輪廻をうたっていたのを思い出して、背筋が冷たくなった。

そうか。この違和感は、これだったかって。カルト宗教にハマっている人にありがちな、なんともいえない違和感。

逃げようとも思ったけど、逃げられなかった。だって、気がつけば、女性の他にあと三人もいて。そう、私、包囲されてしまったのよ。

ああいうときの心理って、本当に不思議ね。逃げ出そうと思えば逃げ出せるのに、どうしてか、それができない。体と心が硬直してしまって。それどころか、相手のためになにかしてあげなくちゃ……という謎のサービス精神まで発動して。

というのも、その人たち、みんないかにも貧相ないでたちでね。着ている服も、服役囚みたいな感じだった。

なのに、私のためにチョコレートパフェなんか注文してくれるのよ。自分たちは水だけなのに。そこまでされたら、逃げ出せないよ。なんか、悪くて。

まあ、今思えば、それが彼らの常套手段なのかもしれないね。相手の憐憫（れんびん）を引き出して、自分らのペースに引きずり込む。

私、まんまとその手段にハマってしまって。結局、二時間近く、その人たちに捕まっていた。どんな話をしたのかって？

だから、神がどうの……とか、輪廻がどうのとか。

私、その話を聞いていて、なんとなく思ったんだよね。西脇くんももしかして、この人たちに勧誘されたんじゃないの？　って。それとも、もしかしたら、仲間なの？　って。というのも、西脇くんの話の持っていき方に似ていたから。あらゆる方向から理詰めで攻めてきて、相手の反論を封じ込める。そして、いつのまにか、正解はそれしかないように思わせる。

どうしても気になって、私、訊いてみたのね。「あの。私のクラスメイトに、西脇っていう男子がいるんですけど」って。

一瞬、空気が張り詰めた。そして、あからさまに話題を変えたの。それで、ピンときた。この人たち、西脇くんを知っているって。

「ご存じなんですね？」

私は、身を乗り出した。

今思えば、なんていう怖い物知らず。

でも、彼らは無言を貫いた。

「なら、もうひとつ、教えてください。あなたたちはあの家と、なにかご関係がありますか？」

やっぱり、彼らは答えない。私は、続けた。

「いつ行っても誰もいないんです。……いえ、いるはずなのに、留守を装っているんです。その理由をご存じですか？」

再度、身を乗り出すと、

「わたしたちは、なにも知りません」

と、最初に私に声をかけてきた女性がうつむき加減で言った。そして、

「今日は、アンケートのご協力、ありがとうございました」

って、突然、その場を締めくくった。

で、次の瞬間、

「調子にのんなよ」って、ドスの利いた声。

私、そのとき、ようやく気がついたの。これ、宗教の勧誘じゃない。私を調べるためだったんだって。私がどこまで知っているのか。

私が、しょっちゅうあの家の周囲をうろついていたものだから、目をつけられたんだって。

そう理解したとき、全身に鳥肌が立った。そして、猛烈に後悔した。……だって、私、訊かれたまま、名前はもちろん、自宅の住所まで答えてしまった。

今だったら、絶対に答えないのに。でも、当時は、個人情報なんて軽く扱っていた時代でしょう？　訊かれたら、それこそ、電話番号から口座番号まで答えてしまうような時代。小学生の名札には住所と名前が書かれているような呑気な時代だった。

でも、あのとき、それがどれだけ危険な行為なのか、私ははじめて気づかされた。

†

「だから、今まで、胸の奥に秘めていたの？」

奈恵が訊くと、牛田さんは「うん……」と、小さく頷いた。そして、「だって、私、あの人たちにすべてを握られていたような状態だったから。なんかの拍子にうちにやってきて、なにかされるんじゃないかって……ずっと怖かった」

「それを今になってしゃべろうと思ったのは？」

「やっぱり、西脇くんの死がきっかけなのかな。なんとなくだけど、彼が死んで、私の恐怖は取り除かれたって気がしたの」

「うん？　つまり、西脇くんが、恐怖の元だったたってこと？　どういうこと？」

†

電話があったのよ、その夜、西脇くんから。なんで、私の電話番号なんて知っているの？　ほとんどしゃべったこともないのに。それで、ピンときた。やっぱり、あの人たちと関係しているんだって。

西脇くんは言った。

「あの家にはあまり近づかないほうがいいよ」って。

「なんで？」って訊くと、

「呪われているからだよ」って。

ほら、来た……って思った。原始的な恐怖で脅しに来たって。呪いとかいえば、女子は震え上がる……って馬鹿にされているとも思った。だから、

「じゃ、訊くけど。なんで呪われているの？」

って、私も負けなかった。

「それは、知らないほうがいいよ」

ほら、そうやって誤魔化す。これもよくある手口だ。だから、私は言ってやったの。

「あの家には、人が住んでいる。ミイラのように包帯をぐるぐる巻いた人が」

「見たの？」

「うん。何度か」

「ああ……、そうか」

西脇くんは、なんとも残念そうに繰り返した。「そうなんだ。見ちゃったんだ」と。その口調は「ご愁傷様でした」的な響きがあって、受話器を持つ手が脂汗でぬるぬるになった。

「このことは、誰にも言うなよ。言ったら、とんでもないことになるぞ」

西脇くんが、脅迫染みた口調で言った。そして、「調子にのんなよ」と吐き出すと、一方的に電話を切った。

受話器が手から滑り落ちて、左足の小指に直撃した。裸足だったものだから爪が割れて、思わぬ大出血。廊下がみるみる血まみれになって。それを見ているうちに、とてつもない恐怖を感じたの。

私、まさか、呪われた？　って。そう思ったとたん、下腹に激しい痛みが走って、体がクラゲのようにぐにゃぐにゃになって、その場に倒れてしまった。

驚いたのは、母親。すぐに救急車が呼ばれて、病院に連れて行かれたんだけど。一週間も入院する羽目になった。

†

「ああ、そういえば、祥子、入院していたこと、あったね」

みっちょんが、ハムサンドを頬張りながら言った。

「虫垂炎だって聞いたけど」

「うん、虫垂炎だった。手術はせずに薬で散らしたんだけど、心神耗弱状態にあって、一週間、入院してたんだ」

「ね、待って。その頃じゃない？　あの家でバラバラ事件が発覚したのは」

奈恵が言うと、牛田さんはゆっくりと頷いた。

「入院二日目に、ラジオでそのニュースを聞いて。私、ますます、怖くなってしまって、家に帰りたくないって駄々を捏ねたのよ」

「で？」

「本当は、ずっと入院していたかったんだけど、なんと、西脇くんが病院に来たのよ！」

「え？　まさか、牛田さんに会いに？」

「ううん。幸い、私が入院していた病室には来なかったんだけど、窓からみかけた。あれは、間違いなく、西脇くんだった。ぞっとした。このまま入院していたら、なにかされるに違いないって。それで、慌てて退院の手続きを取ってもらったんだけど――」

†

隣から声をかけられたの。隣のベッドにいたのは、三十歳ぐらいの女性で、腎臓だか肝臓だかが悪くて、長期入院している人で、生きているのもやっとというような有様だったけど、妙におしゃべりなところがあって。噂話も大好きで。私にもよく噂話を聞かせてくれたんだけど。

「ね、聞いた？　例の事件の被害者が、この病院に搬送されたんだって」

驚いた。ますます怖くなって、一刻も早く退院したいと思った。

でも、運悪く、風邪をひいたのか発熱してしまって、すぐには退院できなかった。

そんなとき、病院内が騒然とする噂が広がったの。

例の被害者の遺体がなくなったって。

もちろん、病院側はそんなことはないと否定したんだけど、看護師たちも様子が変だった。しかもよ。私の隣にいた患者もいなくなったのよ。

看護師は退院したって言っていたけど、とても信じられなかった。あんなに具合が悪そうだったのに。青白くて、ギスギスで、朽ちた流木のようだったのに。

とにかく、一秒でもその病院にはいたくなくて。見舞いに来た母に泣きついて、その日のうちに退院させてもらった。微熱はまだあったけど、そんなことどうでもいい。あの病院にいたらとんでもないことになる……って、予感があったのよ。

ちなみに、突然消えた朽ちた流木のような女性ね。数年後、その人に道で声をかけられたのよ。めちゃや元気になってて、別人のようだった。その人が言ってた。「実は臓器移植したんだ」って。当時は「そうなんですか、よかったですね」って、受け流したんだけど。どうも違和感が残って

———

†

「ね、その病院って、もしかして、R病院？」

みっちょんが、青ざめた顔で訊いた。

「そう、R病院」

R病院。その名前を聞いて、奈恵も青ざめた。そして、

「R病院、ずいぶん昔に廃業したよね？　もしかして、それって」

「そう。たぶん、臓器売買がバレたからだと思う」牛田さんが声を潜めた。

「やだ。それが理由なの？　院長たちが夜逃げしたとかいう話は聞いたことあるけど」

「夜逃げしたのも確か。今も行方不明だと思う。……思うに、臓器売買の元締めに消されたんじゃないかな」

「消された……？」

奈恵は、身を乗り出した。いやいや、まさか。そんなに簡単に、人間を消せる？

「消すのは、そんなに難しいことじゃないよ。殺害して、死体を消せばいいだけの話だから。死体さえ出てこなければ、お縄になることもない」

「いやいや、死体を消すって、そんなに簡単じゃないよね？」

「そうでもないよ」牛田さんも身を乗り出した。そして、「ほら、私たちの地元でも、都市伝説のような噂あったじゃない。覚えてない？　私たちの学校から歩いて十分ぐらいのところに、町工場があったでしょう？」

「ああ」

奈恵は胃の中身が逆流してくるのを感じた。嫌な噂を思い出したからだ。その町工場には溶鉱炉があって、その中にときどき死体が投げ込まれているとかなんとか。溶鉱炉に投げ込まれたら最後、死体はあっというまに消える。

「あと、火葬場の噂も覚えてない？」

牛田さんの問いに、奈恵はこくりと頷いた。隣町に反社が経営している火葬場があるらしい。どさくさにまぎれて、焼いてはいけない死体を焼いている……とかなんとか。

「死体なんて、簡単に消せるよ。その証拠に、この国では行方不明のまま見つからない人がたくさんいる」

牛田さんが、どこか楽しげにそんなことを言う。

やっぱり、牛田さん、苦手だ。

「祥子の取材力、やっぱりすごいね」

みっちょんが、感心したように言う。そして、「そのことも動画配信するの？」

「動画配信？」奈恵が言葉を挟むと、

「そう。祥子もユーチューバーなんだよね」と、みっちょんが牛田さんに向かって、軽くウインクした。

照れたように、肩をすくめる牛田さん。

ユーチューバーか。最近は、誰も彼も、動画に手を出す。でも、実際に収益を出しているのはほんの一握りだ。

「祥子の動画、割と人気があって、登録者数もそこそこなんだよ。一万人だっけ？」

一万人が多いのか少ないのかはよくわからない。色葉の息子さんが登録者数五十万超えだと聞いたばかりだから、それに比べると、微妙？

「やだ、一万人って、結構多いんだよ？　大半は、百もいかないような動画ばかりなんだから」

「そうなの？」

「モンちゃんも、チャンネル登録してあげて」

「うん。いいよ。……で、チャンネル名はなんていうの？」

五章

17

えー、ここは、本厚木駅前です。

かなり、久しぶりです。

高校時代はこの駅を利用していたんですが、高校を卒業してから、とんとご無沙汰していました。小田急線もかなり久しぶりです。

同窓会もほとんど出席したことないんですよね。先日もあったのですが、欠席しちゃいました。

同窓会って、なんだか、苦手で。

だって、なにを話せばいいのかわからない。どうせ、自慢話とか、マウント合戦とか、そんなくだらないことが繰り広げられるだけじゃないですか。

……いやー、それにしても懐かしいな、本厚木。もっと変わっちゃってるのかな？　とも思っていたんだけど、案外、変わってない。昔の名残があちこちにあります。

あ、あのお店、まだあったんだ！　懐かしい……！　あとで、ちょっと寄ってみようかな。

あ、バスが来ました。S高校経由のバスです。あれに乗れば、五分くらいで到着するんですけど、今日は、歩いて、現場まで行ってみようと思います。歩いても二十分……三十分ぐらいで、到着するはずです。

ではここで、今日の実況配信の概要を説明したいと思います。

一九九五年に起きたある事件の真相を探る……というのが、今日のテーマです。

一九九五年といえば、阪神淡路大震災や地下鉄サリン事件、オウム真理教の教祖逮捕と、大きな事件が立て続けに起きました。テレビもラジオも新聞も雑誌も、これらのことを連日伝えていました。だから、その陰に隠れてしまった事件も多いのです。本来ならマスコミを騒がせるような大きな事件や異常な事件も、埋没してしまいました。

そのひとつに、『厚木臓器売買事件』というものがあります。

どんな事件かというと、ある民家で、ある男性が生きながらにして血液と臓器をとられてしまったというものです。体の一部がバラバラになっていたので、地元の人たちは、『厚木バラバラ事件』とも呼んでいました。

被害者の男性は病院に搬送されてすぐに死亡が確認されたらしいのですが、実は、その遺体の行方があやふやなんですよ。被害者の身元もよくわかっていない。しかも、男性をそんな目に遭わせていた犯人の目星も付いていない。結果、未解決事件となってしまいました。

とにかく、謎多き事件なのです。

今回は、その事件について、改めて、考察してみようと思っています。今、事件が起きた現場に向かっているところです。

現場に到着するまでの間、厚木の街並みをご堪能ください。

あれ？　ここに公園があったはずなんだけど。マンションになってる。

ああ、あの古本屋、やっぱり潰れたか——。

なんだかんだいって、やっぱ、ちょいちょい変わってますね……。

……ああ、この坂。……相変わらず、勾配がすごいな……。

ここは、胸突き坂とも馬殺しの坂とも呼ばれています。どちらも、心臓破りってことでしょうね。

ここをのぼり切れば、母校です。

でも、今日は、のぼりません。

事件の現場になった民家は、坂下の低地。……そう、あそこです。

†

牛田祥子は、何年かぶりに母校がある街に来ていた。

高校を卒業してからは、とんと足が遠のいていた。同窓会も避けてきた。意識的に、距離を置いてきたのだ。ここに来ると、あのときのことをどうしても思い出す。

なのに今日、ここに来たのは、好奇心からだ。

元来、好奇心が強い質だ。そのせいで、今まで何度も痛い目に遭ってきたというのに。それでも、どうしても好奇心の疼きに従ってしまう。

それだけではない。少しばかりの野心もあった。というのも、ここ最近、ジャーナリスト系の動画をはじめた。それまではフリーの記者（ライター）として少ないギャラで糊口（ここう）をしのいできたが、さすがに、限界を感じていた。そんなとき、顔見知りのフリーライターが動画でブレイクしているのを知った。新聞社で働いていた頃、駒としてよく使っていた男で、いってみれば使い捨てのライターだった。ギャラを十万円もだせば、犯罪組織にも闇金にも事故物件にも潜入して記事にしてくれる、使い勝手のいい男だ。が、所詮は使い捨て。ヘラヘラしたその態度がどこか薄気味悪く、馬鹿にしていた。「あの人は、なんでもやるよ。言えば、ベーリング海のカニ漁船にだって乗ると思う。あんな安いギャラで、よく体を張って取材してくるよね、馬鹿なのかな？」と、笑ってもいた。

そんな彼が、今や、トップユーチューバーの仲間入り。年間収益も億近いという。闇社会に特化したその動画は確かに面白く、話題になるのはわかる。でも、祥子は思った。

「この程度のものなら、私だって」

が、実際はそう簡単ではなかった。なかなか再生回数があがらない。登録者数も一万人とちょっと。こうなると、元来の負けず嫌いが発動する。

そう、祥子は、好奇心が強いばかりでなく、負けず嫌いでもある。最悪な組み合わせである。下手をすると、大やけどする。

「いや、それでも、人類は好奇心と負けず嫌いという特性に導かれて、ここまで進化してきたのよ。……そう、踏み出さなきゃ、明日はない」

そう勝手に結論づけて、祥子は『厚木臓器売買事件』を改めて調べてみることにした。なにしろ、あの事件は、自分も少なからず当事者だ。事件の関係者を目撃している。今までは封印してきたが、今こそ、それを解かなくてはならない。自称ではあるが、自分は「ジャーナリスト」だ。ジャーナリストにとって、これほど美味しい機会(チャンス)はない。

そして今日、ここまで来たのだが。

ひどい頭痛がする。胃も重い。極度のストレスのせいだ。

好奇心が強く、負けず嫌いのくせに、ストレスには弱い。……そして、超がつくほどのビビりだ。この矛盾のせいで、今までも大きな仕事を避けてきた。ストレスになるような仕事をするぐらいなら、貧乏でいいと。……が、貧乏にも限度はある。先月の収入は、たったの八万円。これじゃ、家賃も払えない。実家に泣きついてなんとかお金を用立ててもらったが、毎回、そういうわけにもいかない。なにしろ、もう四十四歳だ。こんな歳にもなって、親のすねかじりだなんて。いくら就職氷河期世代だからといって、あまりに惨めすぎる。なにより、大好きなBLを心ゆくまで楽しめない。それに、半年後には、推しの韓流スターが来日する。祥子の目下の目標は、そのスターに「ジャーナリスト」として取材することだ。ただのジャーナリストではない。「著名なジャーナリスト」として、対等な立場で取材したいのだ。「あなたのこと、知ってますよ！動画、見ています！」と言われたい。

祥子は、そのときのことを何度も妄想しながら、それをおかずにして、生きている。

そう、私は、著名にならなくてはならない。ただのファンではなくて、お互いに知っているというスタンスで、あの韓流スターと対面したいのだ。

それには、なんとしても、動画をバズらせなくてはいけない。動画がバズれば、推しも見てくれるかもしれない。「スバラシイ！　アナタこそジャーナリストだ！」とコメントもしてくれるかもしれない。なにしろ、推しは、事件系の動画が大好きだ。毎日チェックしているとも聞いた。

「そうよ。推しに私という存在をアピールするためにもここは頑張らなくちゃ」

祥子は、小さく拳を握った。

「この動画がバズって、私が一躍有名になって、推しにコメントなんてもらったら、あいつ、めちゃ悔しがるだろうな」

祥子は、推し活の知り合いである、ある女のことを思った。そいつは自称インフルエンサーで、推しにリツイートしてもらったことがあると、自慢ばかりする。会うたびに、毎回、その話題から入る。リツイートしてもらったからってなに？　もしかしたら指がすべって、たまたまリツイートのアイコンを押しただけかもしれないのに。ああ、本当に腹立つ女だ。あの女の鼻を明かしたい。死ぬほど羨ましがらせたい。

「そうよ。そのためにも、一歩、踏み出さなくちゃ」

祥子は、再度、拳を握った。そしてその拳を心臓あたりに持ってくると、鼓舞するようにとんとんと叩く。

祥子は、小さな民家の前まで来た。母校近くにある、例の事件が起きた現場だ。

続けて、小型カメラGoProのレンズを、民家の門扉に向けた。

そして、

「えー、今私は、一九九五年に起きた、通称『厚木臓器売買事件』の現場に来ております」

と、実況を続けた。

さらに、

「今日は、この家に入ってみたいと思います」

鍵は、不動産会社の社長をしているみっちょんに頼み込んで、手に入れた。この家は現在、みっちょんの会社の管理下にあり、鍵も預かっている。それを聞いた祥子は、この「事件現場ツアー配信」を思い立ったというわけだ。

祥子は、鍵を取り出すと、それを鍵穴に差し込んだ。

と、そのときだった。

声をかけられた。

「あなた、ここで何を?」

心臓が跳ね上がる。慌てて、鍵穴に差した鍵を引き抜く。カメラもつい、ストップしてしまった。

恐る恐る振り返ってみると、一人の女性がいた。

あれ？　この人、見たことがある。

つい、最近も見た。……どこだっけ？

えっと、えっと。

あ。

看板。そう、駅のホームと駅前と、そして街のあちこちに掲げられた看板。

みっちょんが社長をしている不動産会社の宣伝用看板だ。

以前はただの地元密着型の小さな不動産屋だったのに、いつのまにこんな大きくなったんだ……と、看板を見るたびに呆気にとられた。

そういえば、テレビコマーシャルもときどき見る。

中年の女性が、ひたすら電話番号を連呼する。

その、昭和テイストのダサさがかえってインパクトになり、一度見ると忘れられない。

そうだそうだ。この人、そのＣＭに登場する女性だ。さらに、街のあちこちで見かける看板の中で電話番号を指さして意味もなく笑っている女性だ。

ああ、そうだ。以前、みっちょんから聞いたことがある。その女性は、子役上がりの女優なのだと。子役時代は結構人気があったらしいが、成長してからはぱっとしない。でも、ノーギャラでもいいので起用してくれと、営業をかけてきた。それでみっちょんの父親は飛びついたのだが、ノーギャラでもいいというのは嘘っぱちで、いざ、契約の段になって強面の弁護士がやってきて、法外なギャラをふっかけてきたと。しかも、契約はこちらから一方的には反故にできない内容にさせられたと。とはいえ、この女性を起用してからというもの、会社の業績はうなぎ登り。今では、父親は、幸運の女神のようにその女優をありがたがっている……と。その女優が、今、目の前にいる。

なんで？

固まっていると、

「あなた、ユーチューバーさんなんですか？」

と、質問された。

とりあえず頷くと、

「そうですか。……で、今日は、この家を取材するんですか？」

さらに頷くと、

「へー、そうですか。鍵はお持ちなんですか？」

祥子は、一瞬、返事に詰まった。

が、

「あ、はい。不動産会社から預かってきました」

と、背筋を伸ばした。私は不審者ではない。迷惑系ユーチューバーでもない。ちゃんと、ここの家の管理者から許可を得ているのだと、示したかった。

「そんな話、聞いてませんけど！」

いったいどういう立場で物を言っているのか、女性はずいぶんと横柄な態度だった。

こうなると、祥子の負けず嫌いが発動する。

「あなたにとやかく言われる筋合いはありません！」

と、少々喧嘩腰に返すと、祥子は改めて、鍵穴に鍵を差し込んだ。

あれ？　施錠されてない？

よくよく見ると、鍵穴に傷がついている。

もしかして、ピッキングされた？

ああ、たぶん、そうだ。ここはオカルトスポットでもあると聞いた。きっと、どこかのやんちやがピッキングで錠を開けて、不法侵入しているんだ。そして、肝試しをしているんだ。

そう思ったら、緊張が一気に解けた。

よし。私も、肝試しのつもりで。

……あれ？　そういえば、さっきの横柄な女性は？……まっ、いいか。

祥子は、カメラを改めてスタートさせると、ドアノブに手をかけた。

18

玄関ドア、開きました。

みなさん、見えますか？　ここが、陰惨な事件が起きた家の中です。

えー、聞くところによると、家の中は、事件が起きた当時のままだそうです。

そのせいか、かなりカビ臭いニオイがしますね。

とはいえ。想像していたよりも、家の中は明るいです。窓からちょうど西日が入っているからでしょうか。

でも、廊下の先は……ちょっと暗いですね。照明のスイッチはどこかしら。

そもそも、電気は通っているんでしょうか？

あ、これがスイッチですね。

かちっ、かちっ、かちっ、かちっ。

やっぱり、電気、通ってないみたいですね。

じゃ、持参した懐中電灯をつけてみましょうか。

なるほど……。時間が止まっているみたいな感じです。あ、あれは、カレンダー？　事件が起きた年だ。

マジで、時間が止まっている。

……ちょっと、鳥肌が立ってしまいました。

えええ、どうしようかな。

うん。……そうだね、わかった。

上がります。私、家に上がってみますね。

靴は脱いだほうがいいんだろうか？

でも、廊下はカビ？　ドロ？　埃？　いずれにしても、結構汚れている。

……ごめんなさい。靴のまま、上がらせてもらいますね。

ここを管理している不動産屋さんには、あとで謝っておきます。

よいしょっと。

うわっ。今、なんか、ぐにゃってした。

あ、うそ。床、腐っている。

見てください、ここです。懐中電灯の明かりの下、わかりますか？　床が、こんなにぐちゃぐちゃしています。

靴で上がって正解でした。

うわー、なんか、この床、マジでヤバいな。歩くたびに、沈む。なんか、沼みたい。……うわ、うわ、うわ。なんかに掴まってないと、足を取られそうです。

それにしても、ニオイが凄い。

この独特なニオイ、画面でお伝えできないのが残念。

語彙不足でうまく説明できないんですが。

おばあちゃんの家に行ったときのあのニオイと、病院に行ったときのあのニオイと、古いラーメン屋さんの厨房から漂う脂のあのニオイと、図書館の古い本からしてくるあのニオイと、足の指の間のあのニオイと、田舎の牛小屋のあのニオイと、そして生乾きのTシャツのあのニオイをぐちゃぐちゃにしたような。

特に、カビのニオイが強烈。

ごほっ、ごほっ、ごほっ、ごほっ。……ごめんなさい、咳が止まらなくなった。マスク、マスクをしますんで、いったん、止めます。


マスクしましたので、実況、再開します。

うん？　あ、これ階段か。

ということは、この階段をのぼると、事件が起きた二階ですね。

でも、二階はちょっと後回しにして、先に、一階を探索してみましょう。

……あらかじめ、不動産屋さんからお預かりした間取り図では、この先にキッチン、ダイニング、そしてリビングがあるようなんですが。

はいはい、なるほど。この扉の向こうが、リビングのようです。

あらら。ドアもこんなに朽ちちゃって。

っていうか、本当にカビが凄いな……。しかも、黒カビ。……見るからにヤバそうなカビです。

とりあえず、ドアを開けてみますね。

がちゃり。

あ。明るい。

窓から、西日が差し込んでいます。

ここは懐中電灯、いりませんね。

しかし、日当たり抜群じゃないですか。

西側にも東側にも、南側にも窓がある。三方、窓に囲まれている。

そのせいか、ここは、カビ臭さはありません。床も、腐敗していません。

その代わり、壁や家具がもろに日に焼けて、変色しています。

たぶん、壁は、もともと白い壁紙が貼られていたようですが。……すっかり茶色に。ぱりぱりに劣化して、ところどころ剝がれています。

事件が起きるまでは、普通に綺麗な家だったんでしょうね。

家具のセンスもいい。このソファーも、もともとはお高いブランド品じゃないかな。ローテーブルも、いいガラスを使っている。アクセントラグも、日に焼けてよくわかりませんが、ペルシャ絨毯(じゅうたん)だと思われます。

奥に見えるのが、ダイニング、そしてキッチンですね。

カウンターキッチンです。

これも、なかなかおしゃれです。

天板はクォーツストーンかしら。……うんうん、これもクオリティが高い。

え？　食器。食器がそのまま、カウンターに載せられてますよ。食事中だったのか、食後だったのか。食器の一部のようになってしまっていますが、食べ物が盛られていた形跡もある。

生々しいな……。

うん？　包丁？

そうだ、あれは包丁だ。ひどく錆(さび)ついています。いや、違う。錆じゃない。なんかで汚れている？

まさか。

この包丁で？

………。

あ、だめだ、なんか、気分、悪くなってきた。ちょっと、ここで一度、カメラを止めますね。


すみません。復活しました。続けます。

今、玄関横の階段に来ています。

いよいよ、この上に行ってみようと思います。事件が起きた現場に。

この階段は、窓がないせいか、真っ暗です。

懐中電灯をつけますね。

いやいや、しかし。この階段も相当ヤバいな……。べこべこして、今にも板が抜けそう。のぼり切ったら、階段が崩壊したりして。……慎重にのぼらないと。よいしょ、よいしょ、よいしょ……と。

……ということで、なんとか無事、二階にやってきました。

二階には、ふたつ、部屋があります。

どちらが、事件現場でしょうか？

手前の部屋か、奥の部屋か。

不動産屋さんから事前にもらった間取り図では、奥の部屋が「寝室」、手前が「主寝室」ってなっています。

常識的には、主寝室のほうが広く、寝室となっている部屋のほうが狭いはずです。なので、たぶん、事件現場は、奥の部屋だと思われます。報道では、「子供部屋」で事件は起きた……とありますから、狭い方の部屋でしょう。

さて。ここからいよいよ、本番です。

事件現場に踏み込みます。

……ああ、なんかドキドキします。

鳥肌も止まらない。

胃もキリキリする。

なんで、こんなところに来ちゃったかな……と後悔もはじまっています。

それでも、行くしかありませんね。ここまで来たんですから。

……はい。来ました。事件現場だと思われる、部屋の前です。

ドアには、追加で設置したらしい錠が二つもついています。

間違いありませんね。ここです。

だって、被害者は、監禁されていたとありましたから。逃げられないように、外から厳重に鍵をかけられていたとも。

いや、しかし、生々しい。

本当に、生々しい。

ごめんなさい。今、ちょっとビビっています。というのも、さっきから、ぱきっぱきって、音がしているんですよ。

ラップ音でしょうか？

被害者の怨念がここに染みついているんでしょうか？

この実況が終わったら、マジでお祓いしなくちゃいけませんね。

ああ、もう、本当にイヤだ……。

帰りたくなりました。

……どうしよう。

はい。わかりました。行きます、行きます。こうなったら、破れかぶれです。部屋の中に入ってみます。

ドアを開けますよ。

ぎぃぃぃぃぃ。なにか、奇天烈な音がします。建て付けが悪いんでしょうか？

あ。割とあっけなく開きました。

女の子が住んでいたのかな。ちょっとファンシーな部屋です。壁紙は薄ピンク地に青い花柄。

ベッドに、机に、シャンデリア風の照明に、そして窓には紫色のカーテン。

事件当時、カーテンはしめっきりだったようですが、今もしまっています。

……うわ。マジで？　今、なんか黒いもぞもぞとしたものが視界の端に映ったんですけど。

ひゃっっっっ。

嘘でしょう。……虫？

ひっ、ひっ、ひっ。ひぃぃぃぃぃ！

ネズミ？　ゴキブリ？　ゲジゲジ？　蛇？

いやぁぁぁぁ、もう、マジで無理だわ、無理、無理、無理！

うん？　違う、動いてない。

え？　やだ、なに、これ。

……髪の毛？

そうだ、髪の毛だ！

いやだ、髪の毛がそこら中に！

………。

………。

ごめんなさい。ちょっと、あまりに凄すぎたので、部屋、出てきちゃいました。

異様すぎます。意味、わかりません。

なんで、あんなに大量の髪の毛が？

はっ、はっ、はっ、はっ。

ごめんなさい、今、ちょっと、かなり心拍数上がっちゃって、パニック状態に陥っています。深呼吸しますね。

フリスクも食べてみます。

……ふぅぅぅ。ちょっと落ち着きました。

しかし、よくよく考えると、部屋じたいは普通でした。普通というより、シンプルすぎるというか。

監禁されていたというから、もっと、ゴミ部屋みたいになっていると思っていたんですよ。でも、ゴミはなかったし、モノが散乱していることもなかった。

むしろ、綺麗すぎた。髪の毛を除いては。

もう一度、部屋を覗いてみましょうか？

うん、そうしましょう。

せっかく、ここまで来たんですから、このまま逃げ帰るのはもったいないですよね。なにより、視聴者のみなさんが納得しませんよね。

わかりました。もう一度、挑戦してみます。

ぎぃぃぃぃ。

ほら、わかりますか？　綺麗でしょう？

監禁されていたとは思えないような部屋。
ベッドも、割と綺麗なんですよね。
あんなことが行われていたはずなのに。
それとも、そのときの痕跡はすべて取り除いてしまったのでしょうか？
うん。そう考えたほうが合理的ですね。
きっと、他のものも取り除いたんだと思います。事件の痕跡があるものはすべて。
だから、こんなにすっきりしているんじゃないでしょうか。
だとしたら、この髪の毛はなんなんでしょう？
それに、このニオイ。
ダメだ。このニオイ、やっぱり、ヤバい。無理、無理、無理、無理。
気分が悪くなってきた。
やっぱり、ここには長くいてはいけないように思います。
え？　なに、あれ。
ひっ！
…………。
…………。
うそ。これ、もしかして。……首？
ひぃぃぃぃぃぃぃぃぃ。

逭うように家を出たときだった。さっきの横柄な女性が仁王立ちで、立ちはだかる。そして、

「あなた！　ちょっと来なさいよ！」

と、無理やり車に連れていかれそうになる。

「ちょっ、やめて！　やめてくださいって！　そんなことより、首が、首が、首が……！」

19

嘘でしょう……。

門地奈恵は、その連絡を聞いて、スマートフォンを手に立ち尽くした。

『ね、聞いてる？　モンちゃん、聞いてる？』

電話の相手、みっちょんが繰り返す。

奈恵は、はっと我に返ると、スマートフォンを持ち直した。

「うん、聞いてる。……聞いているけど。ちょっと理解が追いつかない。もう一度言って。……

牛田さんが、どうしたって？」

『だから、祥子が亡くなったみたいなのよ！　実況配信のさなかに！』

「実況配信って？」

『動画サイトよ』

「ああ、牛田さん、ユーチューバーだったっけ？」

『そう。で、昨日、その予告が上がっていたの。「明日は、平成の未解決事件の現場を訪ねます。厚木で起きたある事件の現場です。お楽しみに」って。だから、うち、止めたのよ。そういうの、やめたほうがいいって。でも、祥子、ああ見えて頑固だからさ。絶対にやるって。しかも、鍵を貸してほしいって。あの家の鍵を』

「鍵って……。バラバラ事件があったあの家の？」

『そう。前にも言ったかもしれないけど、あの家は今、うちの会社が管理していてね。鍵も預かっているんだけど。そのことを祥子にも言ったことがあって』

「それで、貸したの？」

『だって、鍵を貸してくれたら、実況配信はやめるからっていうし。配信なしで、家に入るだけにしておくからって。でも、やっぱり、嘘だった。今日の午後、予定通り、配信された』

「生配信？」

『そう。なんかイヤな予感がして、うちも見ていたんだけどさ。配信の途中で、ぷっつり途切れちゃって。気になって、祥子に電話してみたんだけど、出なくて。で、例の家に行ってみたのね。そしたら、救急車とパトカーが。見ると、祥子が救急車で運ばれるところだった』

「なんだ。死んではないのね？」

『ううん。そのあと警察から連絡があって。……というのも、なにかあったら連絡してくださいって、お願いしておいたのよ、そこにいた警官に。そしたら、さっきよ。電話があって。死亡が確認されたって』

それを聞いて、奈恵は再び、フリーズした。警察がそう言うなら、間違いではないだろう。

牛田祥子が、死んだ。

正直、牛田祥子にはそれほど思い入れはない。ずっと忘れていたほどだ。以前、卒業以来ずっと会っていなかったクラスメイトが病気で亡くなったことがあったが、そのときも「お気の毒に」とは思ったものの、それで終わりだった。クラスメイトだったとはいえ、それほど話したことがない、いってみれば、街で数回すれ違ったぐらいの関係性だ。そんな人の死まで嘆き悲しんでいたら、身も心ももたない。

でも、牛田祥子とは先日、再会したばかりだ。そのときは、二時間ほど席をともにし、しかも、どういうわけか話が弾んだ。楽しかった。「今度、このメンツで飲もうよ」と、約束を交わすほどに。こうなると、友人同然だ。

「嘘でしょう……」

そう言うと奈恵は、再度、絶句した。

西脇くんに続いて、牛田さんまで？

『しかもよ。祥子ったら、あの家でとんでもないものを発見しちゃったらしくて』

「とんでもないもの？」

『首よ、首。……西脇くんの首！』

全身が粟立つ。

『ね、モンちゃん、聞いてる？』

「う、うん」

声もすっかり掠れている。

『ほら、西脇くんのバラバラ死体、首だけ見つかってなかったでしょう？』

確か、多摩川の河川敷で見つかったスーツケースの中に、バラバラにされた死体が入っていたと聞いた。でも、首はなかったと。

『あの家にあったのよ！　それが、配信中に見つかって、今、ネットは大騒ぎ。……ね、モンちゃん？　聞いてる？　大丈夫？』

「あ、ごめん。わたし、ちょっと考えがまとまらなくて。震えも止まらなくて、ちょっとパニック状態。……いったん、電話を切っていい？」


水道水をコップに注ぐと、奈恵はそれを一気に飲み干した。さらに、買い置きしていた輸入チョコレートを立て続けに三つ、口の中に押し込んだ。

脳が痺れるような甘い味が、奈恵の思考を徐々に落ち着かせる。

ふぅぅぅぅぅと細長いため息をつくと、奈恵はとりあえず、ソファーに身を投げ出した。

そして、情報を整理してみた。

ここ数日で、元クラスメイトが二人も死んだ。西脇くんと牛田さんと。そして、あと一人が、音信不通。

そうなのだ。色葉とあれから連絡がとれない。何度電話しても、留守番電話の音声が流れるばかり。試しに固定電話にも連絡を入れてみたが、やはり、出ない。

もしかして、色葉もなにか事件に巻き込まれているのではないだろうか？

それとも、ただの偶然？

いや、偶然はそんなに多く転がっているものではない。大概は、必然がひとつ交じっている。そう、必然が偶然の連鎖を生むのだ。

必然。……え。もしかして。

同窓会？

そうだ。同窓会のあとに、思いも寄らない偶然が立て続けに起きた。

同窓会という邂逅は、ときに事件を呼ぶ。過去を遡るという行為が、思わぬ感情も生む。

だとしたら、あの同窓会の日に、なにか種がまかれたはずだ。不幸な偶然の連鎖を引き起こす、トリガーが引かれたはずだ。

え？　なんか、今、ベランダのほうから視線を感じた。

まさか。ここは、高層階。

気のせい気のせいと呟きながら、奈恵はカーテンを一気に引いた。

二の腕をさすっていると、再び、電話のコールが鳴る。みっちょんからだった。

『モンちゃん、もう大丈夫？　落ち着いた？』

「まだ、ドキドキしているけど、さっきよりはマシになった」

『で、お通夜、行く？』

お通夜？　時計を見ると、零時はとっくにすぎて、午前二時ちょっと前。

「お通夜って、いつ？　今日？」

確認すると、

『ううん、解剖に回すから、今日明日ってわけにはいかないみたい』

「解剖って。……まさか、事件なの？　殺人とか？」

『まだわからないよ。それを探るための解剖なんでしょ』

「そっか。でも、解剖なんて。気の毒すぎる」

『ほんと。……祥子、ドナー登録もしていたのに』

ドナー登録？

『そう。うちが勧めたの。でも、解剖に回されるんじゃ、せっかくの臓器も役に立たないよね。臓器は、新鮮なうちじゃないと意味ないから』

「まあ、確かに……そうだね」

『じゃ、お通夜とか葬儀とか、なにか詳しい日取りがわかったら、また連絡するね。今日は、ごめん、こんな夜遅くに。じゃ』

そして、電話は切れた。


午前三時を回った。

奈恵の睡魔はなかなか訪れない。

それどころかますます冴えてしまっている。

奈恵は、牛田祥子の動画を探し当てていた。簡単だった。ネットで祭りになっていたからだ。

「動画配信中に、ユーチューバーが死亡」

という見出しでニュースになり、当該動画はすぐに特定され、ＳＮＳで拡散。元の動画はすでに削除されていたが、コピーにつぐコピーで、ネット中にその動画は溢れかえっていた。

匿名掲示板にはいくつかスレッドが立ち、検証や考察もはじまっている。

と、同時に『厚木バラバラ事件』と『厚木臓器売買事件』というワードもトレンド入りしていた。

というのも、牛田祥子が生配信していた動画で、このワードがちょくちょく登場するからだ。

そのタイトルもずばり、

『厚木バラバラ事件（厚木臓器売買事件）の現場を訪ねる』

事件があった一九九五年当時は、他の大きな災害や事件に隠れてそれほど大きく取り上げられることはなかったが、二十数年越しに、日本中で話題になった格好だ。

それにしても、なんで牛田祥子は、今更この事件を調べようという気になったのか。こんな大袈裟な形で。

先日会ったときは、思い出したくない記憶……ということで、封印していたと言っていたのに。

「あれ？　これ」

奈恵は、匿名掲示板の考察スレッドで、気になる投稿を見つけた。

『厚木バラバラ事件』が発覚した当時、現場近くの中学校に通っていたという人物が投稿したものだ。

†

よく覚えているよ。当時、現場からほど近い中学校に通っていたからさ。

確か、地下鉄サリン事件を引き起こした例のカルト教団のことで世の中が騒然としていた頃だと思う。タイミングがタイミングなので、宗教がらみの事件か？　と言う人もいたっけ。でも、実際には、臓器ブローカーがらみの事件だったようだ。だから、『厚木臓器売買事件』という名前がついた。どこかの週刊誌がつけた名前だと思う。

その週刊誌、うちの父親が定期的に買っていたので、俺もこっそり隠れて読んでいたんだけどさ。……グラビアが凄いんだよ。エロ本真っ青の過激なやつでさ。袋とじにいたっては、そりゃもう、鼻血ものだった。袋とじはいつだって父親の不器用な手でギザギザに開封されていて、父親の興奮がよく伝わっていたよ。

なんてことはどうでもいい。『厚木臓器売買事件』の件だ。

現場になった家に、何度か行ったことあるよ。事件後はオカルトスポットになって、地元の悪ガキどもの好奇心の的だったからね。でも、家は頑丈に施錠がされていて、窓も木の板で塞がれていて、入れなかった。だから、その周辺をぐるぐると巡るだけ。

で、そのときに気がついたんだけど。あの家の裏側にさ、似たような家がもう一軒、あるんだよ。

たぶん、あそこ、元々は同じ敷地だったんだと思う。それをあとで分筆して、二軒の建売住宅を建てたんじゃないかと。

さっき、裏側……って書いたけど、厳密には、事件現場のほうが裏側に建っている。公道に沿って建ってはいるけど、北向きだから。もう一軒のほうは、私道沿いに建っているけど、南向きで、たぶん、あっちのほうが表側。

で、その家には間違って突撃する人もいたんだろうね。『うちは事件とは無関係です』って、玄関ドアに貼り紙がしてあったっけ。今回、亡くなったユーチューバーが突撃したのも、そっちの家なんじゃないかな。バカだよな。事件とは無関係なのに。

でも、ほんとうに無関係だったのかな？

だって、その家からお線香の匂いが漂っていたんだよ。いつ行っても。

はじめは、仏壇にお供えしているのかな？　とも思ったんだけど、なんか、そういう感じのお線香の匂いじゃないいんだ。

なんていうのかな。もっと甘ったるくて、もっと刺激的で。今まで嗅いだことがないような匂い。

で、今になって思うんだけど、あれ、ドラッグ的なものだったんじゃないかって。そう、あの家でも、なにかヤバい商売が行われていたんじゃないの？　って。

で、その家から、ある人物が出てきたのを目撃したことがある。

見たことがある女だった。

そう、子役の――

†

が、投稿はそこで途切れていた。

「いやだ、気になるじゃない！」

いいところでお預けを食らった犬のように、奈恵は小さく唸った。そして、やみくもに、投稿記事をスクロールした。続きを探すためだ。……が、見つからない。ああ、もう！　気になる！

と、マウスを机に叩きつけたところで、

「うん？　この投稿。これも当時を知る人の暴露？」

†

白状するけど、当時、おれ、「妙蓮光の会」というカルト宗教にのめり込んでいたんだよね。そのときおれは大学生で、地方から上京した田舎者だったから、なんとなくキャンパスに馴染めなくてさ。そんなときに、とあるオカルト系雑誌を読む機会があって、その文通欄で知りあったやつから、妙蓮光の会を勧められたんだ。地球を救うメシアとか言われてさ、なんかその気になっちゃったんだよね。

で、妙蓮光の会に入信するんだけど、なんとも不思議な組織だった。

実体があるようで、ないんだ。信者はたくさんいるというけれど、集まったのを見たことはない。なにしろ、連絡は手紙かパソコン通信（メール）。今でいう、オンライン宗教みたいな感じかな。でも、信者を多く集めて、ステータスが上がると、ご褒美がもらえた。「天国に行ける薬」と「お守り」。それがどうしても欲しくてさ。おれも、勧誘を頑張ったよ。

家庭教師のアルバイトをしていたんだけど、その教え子とか、それとなく勧誘してみた。

その教え子のひとりが、あるとき失踪する騒ぎがあってね。

おれはすぐに、妙蓮光の会の仕業だとわかったよ。

その頃からおれ、妙蓮光の会が怖くなってきてさ。

厚木でバラバラ事件があったときは、もうこれは絶対、妙蓮光の会の仕業に違いない、ヤバいってなって、脱会を決意したんだ。

脱会っていっても、特になにか書類を出すわけでもないんだけどね。フェイドアウトするだけ。

でも、後遺症というのかな、妙蓮光の会の呪縛に苦しめられてきた。おれは、裏切り者だ、きっと、体をバラバラにされるって。……今も思っているよ。今も、妙蓮光の会の影に怯えている。

たぶん、死ぬまでだ。

だから、妙蓮光の会のことはずっと黙ってきたんだ。封印してきた。

でも、今回のことで、踏ん切りがついた。

これ以上、犠牲者を出してはいけない。このまま黙っていたら、本当に地獄に堕ちてしまう。

そう思って、これを投稿している。

実験でもあるんだ。これを投稿して、おれが無事だったら、妙蓮光の会はインチキだって、証明できる。いや、証明したいんだよ。そして、呪縛から解放されたいんだ！　誰か、助けてくれよ！

†

「天国に行ける薬？　お守り？」

奈恵は、その文字を凝視した。

「明らかに、ヤバいやつじゃん！」

カルト教団が、薬（ドラッグ）を使用して、信者を洗脳することはよく知られている。「天国に行ける薬」とは、間違いなく、ドラッグ的なものだろう。

じゃ、「お守り」って？

表示画面をスクロールすると、さらに、元信者と思われる人からの投稿が見つかった。

六章

20

わたしも、かつて、妙蓮光の会の信者でした。当時、わたしは社会人二年目でした。信者となったきっかけは、ある雑誌の文通欄でした。

わたしも、救世主（メシア）になりたい。地球を救いたい。その一心で、結構、熱心に活動していました。そのおかげでステータスもあがり、「天国に行ける薬」と「お守り」をいただくことができました。

「天国に行ける薬」は、本当でした。本当に天国に行けました。

でも、今思えば、あれはドラッグの一種だったんでしょうね。

ほんと、バカでした。

でも、当時のわたしは、信じきっていました。自分こそが地球を救うメシアなんだと。

ちなみに、「天国に行ける薬」と「お守り」は、厚木の家でもらいました。そう、例の事件の現場となったあの家です。

当時のわたしに会ったら、ひっぱたいてやりたいです。そして、そんな家には行くなって叱りつけます。

でも、そんなことをしたら、当時のわたしは反撃してくるでしょうね。

そうそう、当時、あの家の周囲をうろついていたメガネをした三つ編みの女子高生がいたんですけど、仲間と一緒に恫喝して、おっぱらってやりました。

ほんと、バカでした、わたし……。

ちなみにわたしは、何度かあの家に通いましたが、まさか、あんなことが行われていたなんて、まったく知りませんでした……。「お守り」だと思っていたものが、あんないかがわしいものだったなんて。

吐き気がします。

†

「あんないかがわしいもの？」

奥寺色葉は、その投稿を見ながら、身震いした。

色葉は、今、病院にいる。

気がついたら、病院だった。モンちゃんと電話していたところまでは覚えている。そのあと猛烈な痛みを背中に覚え、世界が暗転した。

そして明転したら、ここにいた。

はじめは、ホテルの一室かと思った。壁紙もカーテンもシーツもおしゃれだし、照明に至っては、北欧調のペンダント。しかし、左腕に繋がっているのはチューブだった。後で知ったが、透析をされていた。

……こんな立派な個室、いったい一日いくらかかるんだろう？

夫は、心配ないと言うけれど。心配しないわけにはいかない。だって、滞納している税金がある。もたもたしていたら、全財産、差し押さえられる。

なのに、夫は、

「それも心配しなくていいからさ」

と、呑気に笑った。

まさか、また、お義母さんに頼ったの？　たぶん、そうだ。お義母さんのことだ、愛する息子が助けてと縋ってきたら、どんなことをしてもお金を工面するだろう。

ああ、いやになる。

また、肩身の狭い思いをしなければならない。ことあるごとに恩を着せられて、言いなりにならなくてはならない。だからといって、西脇くんがもってきた話はもっとあり得ない。……宗教法人だなんて。

そこまで考えたとき、西脇が死んだことを思い出した。

胃に石を詰め込まれたように、鳩尾（みぞおち）がずしんと重くなる。

なんでも、バラバラにされたとか。……でも、なんでそんなことに？

その疑問を払拭したくて、色葉はスマートフォンを手にし、ニュースサイトを開いたのだった。

　すると、牛田祥子という名前が目に入った。

　牛田祥子。記憶が疼いた。……私、この人、知ってる。なんで知っているんだっけ？　ああ、そうだ。カウちゃん。

　牛田という苗字にちなんで、色葉がつけたあだ名だ。

　三つ編みメガネの、絵に描いたようなオタク女子。確か、新聞部だった。一度だけ、BL小説を借りたことがある。結局、読まずに返してしまったが。

　そのカウちゃんが、死んだ？　しかも、厚木で？

「この現場。S高校の近くだ。……もしかして、『厚木バラバラ事件』があった家だったりする？」

　妙な胸騒ぎがする。

　検索をしていると、匿名掲示板の考察スレッドがヒットした。そこには、『厚木バラバラ事件』と妙蓮光の会に関する暴露記事が多く投稿されていた。

「やっぱり、妙蓮光の会はヤバい組織だったんだ」

　なら、なんでそんなものを、西脇は紹介したのだろう？

　そして、なぜ、西脇は、バラバラにされたのだろう？

「どう考えても、妙蓮光の会が怪しい。……あれ？」

　そういえば、妙蓮光の会の関係者という人から電話があった。

　あれは、モンちゃんから西脇がバラバラにされたと連絡があったあとのことだ。

　色葉は、記憶を手繰り寄せた。

『わたくし、妙蓮光の会の者でございます』

そう、その人はそう名乗った。

……あれ？　この声。なぜだろう、私、知っている。

これと同じ声の人物に、最近、会った。

誰だっただろう？……誰だった――

「調子はどう？」

そんなことを言いながら、入ってきたのは、母親だった。

ああ、お母さん……！　母親をようやく探し当てた迷子の子供のように、色葉は嗚咽した。

「やだ、色葉ちゃん、どうしたの、どこか痛いの？」

「ううん、お母さんの顔を見たら、なんか、懐かしいやら、嬉しいやらで」

母親と会うのは、何年ぶりだろう？　そう遠くに住んでいるわけではないのに、なんだかんだ、ご無沙汰していた。……自分が置かれている苦境を知られたくなかったのだ。昔からそうだ。母親には心配させたくない、心配させたら、なにか負けた気になる。この訳のわからない負けず嫌いのせいで、なかなか素直になれなかった。でも、今は、心の底から甘えたい。愚痴を聞いてもらいたい。慰めてもらいたい。

「それにしても、素敵な個室じゃない。あなたは、やっぱり愛されているのね」

「え？」

「だから、旦那さんによ」

「…………」

「彼、昔からあなたにゾッコンだったんだから。なんでも、あるところであなたを知って、一目惚れだったんですって。ふふふ。ロマンチックな話よね」

「初耳」

「え？　知らなかったの？」

「うん」

「やだ、旦那さんから聞いたことない？」

「うん」

「もう、旦那さんったら、恥ずかしがり屋さんなんだから」

母親が、少女のようにケラケラ笑う。色葉もつられて、少し笑ってみた。

　母親は続けた。

「それでね、彼、うちに連絡してきたのよ、お父さんの上司を介して。はじめは警戒したんだけど、実際にお会いしたらお父さんが彼のことをめちゃめちゃ気に入っちゃって、あなたとお見合いさせたの」

「知らなかった」父親の上司がもってきたお見合い話だとばかり。

「間違いない職業だったし、家柄も学歴も申し分ない。それに、イケメンでしょう？　私も一目で気に入ったのよ」

　確かに、両親は、夫贔屓（びいき）なところがある。私の意見より、夫の意見を優先するところも。……そうだった。それが、両親と疎遠になった一番の理由だった。私が悩みを打ち明けても、信じてはくれない。「あんないい旦那さんなんだから、文句はだめよ」と窘（たしな）められる。それが鬱陶しくて、連絡も途絶えがちになっていた。

「あー、でも、あなたの顔を見たら、安心した。……顔色は悪いけれど、彼がいれば、きっと大丈夫よ。だから、安心して治療に専念なさい」

それから母は三十分ほど病室にいたが、電車のラッシュを避けたいからとそそくさと帰っていった。

入れ違いに入ってきたのは、夫だった。

「まだ、顔色悪いね……」

母もそんなことを言っていた。色葉はサイドテーブルから手鏡を引き寄せた。

うそ。……これ、私？ すっかりやつれて、顔は黄緑色で。まるで、ゾンビだ。

「でも、大丈夫だよ、心配ないよ。必ず、治るから」

「そんなことより、あなた。税金——」

「それも、大丈夫。心配ないよ」

「やっぱり、お義母さんから？」

「いや、違う。……仕事、辞めようと思って」

「は？」

「退職金で、税金は払おうと思う。税務署とも話はつけてきた」

「仕事を辞めて、これからどうするの？」

「どうにかなるよ」

「どうにかって……。この個室代だって、かなり高額なんじゃないの？ 調べたら、一泊三万円って出てきたんだけど」

「だから、大丈夫だって」

「っていうか、私、いったい、なんの病気なの？」

「まあ。……肝臓のほうが、ちょっとね」

ああ、やっぱり、肝臓をやられてるんだ。

なんとなく、予感はしていた。ファンデーションで隠してはいたけど、日に日に肌は黄色くなっていって、全身が気怠くて。

ただのストレスだと自分に言い聞かせていたけど、やっぱり、肝臓か。

ああ、私、もうボロボロだ。顔はゾンビみたくなって、肝臓もやられて。

……みんな、みんな、あの子のせいよ！

私、なんであんな子を産んでしまったんだろう？　なんで、あんなふうに育ってしまったんだろう？　お義母さんは私のせいだと陰で言っているようだけど。……私だけが悪いの？　なんで、私だけが、こんな目に遭わなくちゃいけないの？

情けないやら、悔しいやらで、涙が溢れてきた。

「……それで、あの子は？　あの子は今、どうしてるの？」

「それも、大丈夫だよ。なんの心配もない。……あいつのことも、俺がなんとかする。だから、色葉はなにも気にすることないんだ。治療に専念して」

七章

21

何日経ったのだろう。

壁に爪で刻んだ「正」の字は、もうふたつになる。シンプルに考えれば十日経っているということになるが、そもそも、「正」の数が正しいかどうかは疑問だ。体内時計に従って一日の終わりに「一」を追加しているが、その体内時計が壊れている可能性もある。なにより、途方もない時間が流れた感覚だし、逆に、一日しか過ぎていない感覚でもある。

もっとも、おれの感覚なんてあてにならないが。

そう、もうずっとずっと前から壊れている。

今が昼なのか夜なのかわからない生活をずっとしてきた。カーテンはしめきり、照明はつけっぱなし、エアコンも消した覚えがない。ドアには鍵をかけ、外との接触を遮断していた。ドアの外から定期的に聞こえる階段を上る音。母親が食事を運んでくる音だけが、唯一の「外」との接触だった。

自ら飛び込んだ環境だとずっと思い込んでいたけれど、違う。

家族に、そう仕向けられたんだ。

学校になじめず、成績もぱっとしない。そんな環境に気が滅入っていたのは確かだった。

学校に行きたくないと部屋に閉じこもったのも確かだった。

でも、それは一種のストライキのようなもので、抵抗だった。かつての学生たちがバリケードを作って立てこもったように、部屋に閉じこもることで、自分の要求をアピールしていただけだった。

元の場所に戻りたい……と。

あの家に越してから、……転校してからおれのすべては変わった。

転校なんて、親にしてみれば大したことのない変化かもしれないが、おれのような子供にとっては、世界がひっくりかえるほどの変化だったんだ。

それまで構築した人間関係もすべて反故にされ、テリトリーも取り上げられた。

それが、正当な理由ならば、おれも渋々従ったはずだ。

でも、違った。親たちは、自分たちの「見栄」と「体裁」だけで、おれの意見などひとつも聞くことはなく、引っ越しを決行したんだ。

「来月、引っ越すから。転校手続きも済ませてあるから」

まるで「明日映画を見に行くから」というような気楽さで、そう突然言い渡されたときの、絶望。

そうなんだ。あの親は、映画を見に行くときですら、おれの意見などひとつも聞くことはない。

見る映画も日時も勝手に決定して、それをおれに強要する。そのくせ「子供にせがまれて」などと、近所の人には言いふらし、「子供のために尽くす親」という演出に余念がない。

世間は、おれのことを「尊大でわがままな子供」と嘲笑(あざわら)っているかもしれないが、それは違う。親がそういう印象を与えるように、仕向けているだけなのだ。

部屋に閉じこもるようになったときもそうだ。あの日も、親が勝手に家庭教師を依頼した。言うまでもなく、おれの意見などひとつも聞くことなく。一日目は油断していたのであいつの侵入をやすやす許してしまったが、二日目は徹底的に抵抗した。その家庭教師はとんだ変態野郎で、おれの体をさんざん弄んだからだ。おれはそれを親に訴える代わりに、籠城を決め込んだ。おれの抵抗を見て、「家庭教師になにか問題があるのでは？」と察してくれることを期待していたが、親はあいつのことを疑うことは一切なく、それどころか「息子さんは心の病気かもしれません。実は、昨日、暴れ回って大変だったんです」などという家庭教師の出鱈目をいとも簡単に信じた。

籠城三日目、ドアの前に朝食が置かれていた。おれを部屋から引きずり出して食卓につかせる……という手段を選ばずに。しかも、ノックもせずに、食事だけを廊下に置く。まるで、監獄のそれだ。

つまり、親は、部屋そのものを檻(おり)にしてしまったのだ。

そんなふうにされたら、おれもますます意固地になる。この部屋から一歩も出るものか。が、それは、親の要望でもあった。

親は、あのインチキ家庭教師の出鱈目を信じ、おれを世間から隠したのだ。

そう、おれが部屋に閉じこもったのではなく、親がおれを隠したのだ！　世間から！

……それでも、あの家庭教師はひとつだけ、いいことをしてくれた。

ヒロシやナオミと知り合うきっかけをくれた。

あの家庭教師が忘れた一冊の雑誌。あれが、おれに新たな人生のステージを用意してくれた。

ヒロシとナオミはおれにいろんなことを教えてくれたし、おれにとっては、かけがえのない友人だった。

……と思っていたのに。まさか、こんな顚末が用意されているなんて。

まさか、ナオミに拉致監禁されるなんて！

まさか、ナオミが、あれほどヤバい女だったなんて！


おれは、何度もヒロシと連絡をとろうと試みた。

ベッドのすぐ横にある学習机にパソコンがある。そのパソコンで、ヒロシに助けを求めようとした。

が、おれの体は、日に日に言うことをきかなくなっていた。

はじめのうちは、パソコンに向かうだけの体力もあったが、だんだん頭に靄がかかり、今は全身が痺れたようになり、指すら動かせない。

一方で、嗅覚、視覚、聴覚、味覚は鋭敏になっていた。

特に聴覚は、サイボーグ００９に出てくるフランソワーズ並の鋭さだ。

たとえば、外から聞こえる音。窓が閉め切られていても、よく聞こえる。同時にいろんな音がしてもも聞き分けることができた。

この辺は学校が近いのか、若い男女の声がよく聞こえた。その声は、唯一の外部との接触だった。こんな境遇に墜ちたおれにとって、唯一の慰めだった。

特に惹かれたのが、女子生徒と思われる人物の歌声だった。毎回、同じ歌を歌いながら、ここを通る。

ずっと聴いていたい歌声だった。

ここから脱出することができたら、かならず、あの声の持ち主に会おう。

おれはそう決めた。その目標が、今のおれの生きるよすがだ。

でも、おれは、生きてここから抜け出すことができるのだろうか?

せめて、ヒロシと連絡がとれれば。

ヒロシと……。

†

え? 嘘だろう?

ヒロシの声が、した。

ヒロシとは、電話で話したことがある。

おれより年下と言っていたけど、妙に大人びて落ち着いた声で、よく覚えている。まるで年季のはいったムード歌謡歌手のような声。

その声が、今、した。

そんなはずがない。こんなところに、ヒロシがいるはずがない。

それとも、おれの危機を察して、助けに来てくれたのか？

おれは全身の感覚を聴覚に集中させた。

『あいつが、ここにいるって？』

間違いない、ヒロシの声だ。

『うん。計画通り、連れてきた』

この声は、ナオミだ。

って、計画？　どういうことだ？

『計画、あいつにはバレてない？』

『もちろん。……っていうか、あいつっていうのはやめて。あの方は、教祖様なんだから』

教祖様？

『いや、まだ教祖様じゃないよ。まだ、完成ではない』

『でも、そろそろ完成する。だって、毎日、アレを飲ませているし』

『アレを飲んでいるからって、教祖様になるかどうかはわからないよ。印が出るまでは。で、どう？　印は出た？』

『ううん、それはまだ。でも、きっと出るよ、うちの目に狂いはないよ』

『そうだな。君の目に狂いはない。なにしろ君は、妙蓮光の会の巫女(みこ)だからな』

『そう。うちは、巫女。この地球を救うためのメシア菩薩(ぼさつ)の生まれ変わり』

『へー、いっぱしのことを言うようになったじゃん。ようやく目覚めたって感じだよ』

『うん。はじめはとても信じられなくてさ。あんたにそう言われるまでは。頭が混乱して、そのせいで、精神科病棟にまで入れられちゃった。でも、その病棟に妙蓮光の会の信者がいてくれたおかげで、あそこから脱出することができた。……もしかして、あの看護婦さん、あんたが？』

『いや、それは偶然。……偶然でもないか。妙蓮光の会の信者は、実は思った以上に多いんだよ。目立った布教はしていないけど、口コミで信者は毎年増えてる。五千人はいると思う』

『五千人⁉』

『そう、隠れ信者を入れるとそのぐらいになる。だから、精神科病棟に妙蓮光の会の信者がいたとしてもなんら不思議ではない』

『そうなんだ。妙蓮光の会って、やっぱり凄いんだね！』

『そうだよ、凄いんだよ。そして、メシア菩薩の生まれ変わりである僕たちも凄いんだよ！　この地球の支配者でもあるんだからね』

『支配者……』

『でも、今の地球は、反メシア(アンチ)に乗っ取られている。その闇は人間の体にも侵入してきている。喩えるなら、癌(がん)細胞におかされているんだ。これを治療しないと、地球は、人類は、大変なことになる。癌治療といえば？』

『患部の切除』

『そう。でも、切除だけでは、完治しない』

『施しだね！』

『そう。病巣を切除して、恵まれない人に提供する。そうすることで病巣は浄化されて、善なる宇宙の一部になることができる』

『ステキ！』

いったい、なにを言っているんだ、こいつら。まったくわからない。ただひとつわかるのは、ヒロシとナオミはグルだってことだ。

なんてことだ！

おれはまんまと騙された！

じゃ、はじめから騙されていたのか？

え、ちょっと待って。

はじめ……ということは、あのときから？

おれが、あの二人に連絡した時点から、騙されていた？

いや、そんなことあるか？

だって、おれからあの二人に連絡したんだよ？

あの雑誌の投稿欄の中から、おれがあの二人を見つけたんだよ？

何十とある投稿から、おれがあの二人を選んだんだ。

そう、投稿の内容はまったく違っていた。

『地球を救うメシアを探しています。心当たりのある方は連絡を！』

『地球の浄化が近づいています。お手伝いいただける方はぜひご連絡ください』

あ、ちょっと待って。

そうだ。なんで、おれがあの二人をチョイスしたのか、思い出した。

鉛筆で印がついていたからだ。たぶん、あの変態家庭教師がつけた印だろう。

まさか。……あの家庭教師もグルだったのか？

22

『地球の浄化が近づいています。お手伝いいただける方はぜひご連絡ください』

『地球を救うメシアを探しています。心当たりのある方は連絡を！』

これは、二十八年前、あるオカルト系雑誌の文通コーナーに投稿された内容だ。

ところで、「戦士症候群」という言葉をご存じだろうか。

ウィキペディアで調べると、

『1980年代の日本においてオカルト雑誌の読者コーナーに端を発したサブカルチャー現象。……投稿の内容は、「自分は目覚めた戦士」で「仲間の戦士を探しています」という戦士パターンと、「自分は前世の記憶を取り戻した転生者」で「前世で繋がっていた仲間を探しています」という転生者パターンの2パターンおよびそのミックスに大きく分類される』

とある。一時は、この手の投稿が読者コーナーを埋め尽くしたという。ウィキペディアでの具体例としては、

『前世名が神夢、在夢、星音という三人の男性を探しています。早く目覚めて連絡を（「ムー」1987年7月号）』

『戦士、巫女、天使、妖精、金星人、竜族の民の方、ぜひお手紙ください。戦士でありながら巫女でもある私です（「ムー」1987年9月号）』

漫画やアニメ、ノストラダムスの大予言などの終末思想に影響されたと見られる現象だ。

もちろん、大半の投稿は、思春期特有の「遊び」の延長だった。今風にいえば、肥大した厨二病の延長。が、中には前世の記憶を取り戻すことを目的とした集団自殺未遂事件も発生し、社会問題にもなっていた――

†

「なに、これ？」

門地奈恵は、Ａ4用紙の束を手にして、途方に暮れていた。

奈恵は、みっちょんに呼び出されて、地元のホテルのラウンジに来ていた。先日、同窓会が開かれた場所だ。

「祥子の遺言のようなもの」

みっちょんが、睫を気にしながらティーカップの縁を唇にあてる。その睫はエクステしたばかりなのかバッサバサで、しかし、濡れていた。泣いているのか？

「いやーね。更年期かしら。最近、ふと、涙がにじんじゃうんだよね」

「わかる。わたしも、気がついたら目尻に涙がたまっていて。せっかくのアイラインがにじんじゃうの」

「うちも、うちも」

「で、遺言て？」

「祥子が亡くなるちょっと前の話よ。彼女からメールが届いた。暇なときに読んでみてって、ファイルが添付されていた。そのときは、仕事でなんやかんや忙しかったから開封しないまま放置しちゃったんだけど、昨日、ふと思い出して、開封してみたのね。そしたら、記事らしきものが」

「記事？」

「うん。どこかに持ち込むつもりだったのかしら」

「そんなものを、なぜ、みっちょんに？」

「わからない。……でも、遺言だと思った。もしかしたら祥子、身の危険を感じていたのかもしれない。それで、うちに託したのかも。ね、どうしたらいいと思う？」

「どうしたら……って聞かれても」

奈恵は戸惑いながらも、用紙を改めて手にすると、続きを読みはじめた。

†

さて、冒頭で紹介したふたつの投稿は、一九九五年の春に、『アトランティス』というオカルト雑誌に投稿されたものだ。この頃になると「戦士症候群」も下火にはなっていたが、それでもこの雑誌には相変わらず多くの「戦士症候群」的な内容が投稿されていた。

一九九五年は、阪神淡路大震災、オウム真理教による地下鉄サリン事件、オウム真理教の教祖の逮捕など、大きな事件が続いた年でもあった。そんな中、ある事件が起きる。

『厚木臓器売買事件』と呼ばれている事件だ。

生きたまま内臓を取り出された男性が厚木市の民家から見つかった事件でその残忍さから地元では大騒ぎになったが、世間ではあまり知られていない。前述したようにこの年は大きな事件が立て続けに発生し、この事件は他のニュースに埋没してしまったのだ。そのせいで、『厚木臓器売買事件』の詳細を知る人は少なく、その後どうなったのかを知る人もほとんどいない。

私もまた、その一人である。

当時、私は事件現場近くの学校に通う生徒だった。事件現場付近にも何度か行ったことがある。私がこの事件を改めて探ろうと思い立ったのは、当時の同級生「X」の訃報がきっかけだ。

†

「Xって、西脇くんのこと？」

奈恵が言うと、

「うん、たぶん」

と、みっちょんがどこか遠くを見ながら言った。そして、

「いいから、続きを読んでみて。早く」

と、いきなり急かし出す。

奈恵は、慌てて視線を用紙に戻した。

†

Xには、常に不思議な噂がつきまとっていた。思えば、高校生の頃からミステリアスな雰囲気に包まれていた。

生徒の指導者的立場にありながら、交友関係はよくわからない。いってみれば、一匹狼なところがあったのだ。

Xのことはまた後に語るとして、Xの訃報が入ってきたとき、私は、二十八年前に起きた『厚木臓器売買事件』と無関係だとはどうしても思えなかった。というのも事件当時、事件現場となった民家あたりで、Xをよく見かけたからだ。私は当時から、Xは事件になにか関与しているか、またはなにか知っているのではないかと疑っていた。が、私はそれを口にしたことはない。Xからの攻撃を恐れたからだ。だから、封印した。

でも、当のXは死んだ。もう恐れる者はいない。私はようやく封印を解くことができたのである。

さて『厚木臓器売買事件』には、他にも被害者がいることはあまり知られていない。

事件現場となった民家と双子のようによく似た裏の民家でも、事件が起きていたのである。

実は、私もまったく知らなかった。『厚木臓器売買事件』を改めて調べていく中で知った新事実だ。

その新事実は、『厚木臓器売買事件』以上に埋没していた。なにしろ、それを伝えるニュースはほとんどなく、地元の新聞が小さく載せたきりだ。被害者のプライバシーを慮（おもんぱか）ってのことかもしれない。

『厚木臓器売買事件』の被害者は、いまだに身元もわからない若い男性で、たぶん、ホームレスだったのではないかと言われている。が、その裏の家で起きていたもうひとつの事件の被害者のひとりは、未成年の少年Zだった。

少年Zもまた、部屋に監禁されてその体をベッドに拘束されていた。体中、アザと傷だらけではあったが、幸いなことにバラバラにされるのは回避されていた。しかし、発見がもう少し遅かったら、バラバラにされていた可能性があったらしい。

このニュースを伝えた地元の新聞社は、少年Zから話を聞いている。それは記事にはならなかったが、担当した記者を探し当てて、音声テープを入手することができた。

それは、驚愕の内容だった。

少年Zの言葉をそのまま書き記すと、

「『アトランティス』という雑誌があるじゃん。オカルト系の雑誌。おれはそういう雑誌にはまったく興味がなかったんだけど、家庭教師が置いていったんだよ。で、なにげに手にしてみたら、あるページが開いた。付箋が立っていたから、家庭教師がおれに見せようとしていたのかもしれない。そのページは文通コーナーだったんだけど、ふたつの投稿に印がついていた。

『地球を救うメシアを探しています。心当たりのある方は連絡を！』

『地球の浄化が近づいています。お手伝いいただける方はぜひご連絡ください』

という投稿だよ。

馬鹿馬鹿しいと思ったけど、あのときはどうかしていたのかもしれない。おれ、そのふたつの投稿に記されていた住所に、それぞれ手紙を出してみたんだよね。……好奇心てやつだったのかもしれない」


『アトランティス』という雑誌は私もよく知っている。中学から高校まで愛読していた。実家には、今も当時の『アトランティス』が保管されている。約六年分、七十冊。

私は実家に戻るとそれらを繙いてみた。そして、該当する投稿を見つけた。

それは、一九九五年三月号に投稿されたもので、住所はどちらも厚木市だった。どちらもペンネームで、ひとつは「ナオミ」、そしてもうひとつは「ヒロシ」。

私は「あ」と声を出した。

「ヒロシ」の住所に見覚えがあったからだ。

たぶん、「ヒロシ」は、私も知っている人物だ。

少年Zの証言を続けよう。

「手紙を出したら、まずはヒロシから連絡がきた。手紙の内容から、ヒロシとは気が合うと直感した。いい友人になると確信した。そしておれたちは三日に一度は手紙をやりとりする仲になった。文通をはじめて一ヶ月ほどが経った頃、ヒロシがパソコン通信をはじめたと書いてきた。実はおれもパソコンを買ってもらっていたので、通信には興味があった。そう書くと、これからはパソコンで文通をしようとヒロシから提案があった。

手紙の文通はタイムラグがあるが、パソコン通信はそれこそリアルタイムだ。とはいえ、電話とも違う。なんというか、妙な臨場感があって、おれはどっぷりとハマってしまったんだ。そんなとき、すっかり忘れていたナオミから手紙が来た。入院していたので返事が遅れたとあった。手紙の内容から、ナオミともいい友人関係を築けると思った。きっと、ヒロシとも気が合うだろう。そう思って、パソコン通信に誘った。

でも、今思えば、あの二人ははじめから知り合いだったんだ。おれは、とんだピエロだな。いや、ピエロですらない。生け贄だったんだ。

遡れば、あの家庭教師もグルだったに違いない。おれの体にさわりまくったのは、おれの健康状態をチェックするためだったんだ。そう、あの家庭教師は、生け贄を物色していたんだよ！

いずれにしても、おれは拉致されて、監禁された。

悔しいよ。とにかく、悔しい。

ヒロシとナオミを捕まえてくれよ。お願いだよ！」

が、少年Zの願いは叶うことはなかった。少年Zはそのあとすぐに精神科病棟に収容されてしまったからだ。少年の話は、ほとんどが妄想、または作り話だと判断されてしまう。ヒロシとナオミという人物も、イマジナリーフレンドということにされた。

むしろ、『厚木臓器売買事件』の重要参考人として、一度は連行されている。

そう、少年は監禁などされていなかった。空き家から大音響の音楽が聞こえると住民からの通報があり、警官が訪れると、その家の二階の部屋で少年が寝ていた。少年は酒にでも酔っているかのように酩酊しており、実際、部屋の中は、酒の瓶が散乱していたという。……あと、大量の薬の容器も。

「空き家なんかじゃない！　ナオミの家だ。それに、多くの人間が出入りしていたんだ！」

少年Zはそう声を上げるが、誰の耳にも届かなかった。

「空き家なんかじゃない！　ヒロシとナオミを捜してよ、お願いだよ！……そうそう、ナオミは元子役でさ。右のほっぺにホクロがあってさ。……本当だよ、信じてよ！」

少年Zのこの絶叫で、テープは終わる。

少年Zが語った内容は、嘘だったのか。妄想だったのか。ヒロシとナオミはイマジナリーフレンドだったのか。

いや、私は、少年Zは真実を証言していたのだと思う。

少なくとも、「ヒロシ」は存在する。

なぜなら、その人物を、私も知っているからだ。

ヒロシは、私と同年代。そして、当時は厚木市に住んでいた。

私は、ヒロシこそが、キーマンだと思っている——

†

「え。ヒロシって誰？」

奈恵は、Ａ4用紙にかぶりついた。

が、その続きはどこにも書いていない。

「まさか、ここで終わり？」

視線を上げると、みっちょんが苦笑いしながら肩をすくめた。

「そう、そこで終わり」

「いやだ。めちゃ、気になるじゃん！」

「でしょう？　だから、今日はモンちゃんにも来てもらったの」

「なんで？」

「祥子の死は、ヒロシと関係あるんじゃないかって」

「は？」

「祥子は、ライブ配信中に亡くなった。『厚木臓器売買事件』の現場を突撃している途中でね。犯人は、ライブ配信のことを知って、先回りして現場で待ち伏せしていたんだと思う」

「それが、ヒロシ？」

「ううん、ヒロシ本人ではなくて、ヒロシの関係者かもしれない」

「でも、なんで、牛田さんは殺されなくちゃいけないの？」

「シンプルに考えれば、口封じ？」

「口封じ？」

「祥子、かなり深いところまで調べ上げていたんだと思う。事件現場に突撃したのも、なにか意味があったんだろうと」

「どんな意味？」

「事件現場に、なにか重要な証拠があるとか」

「ちょっと待ってよ。事件が起きたの、二十八年も前のことだよ？　さすがに、証拠なんてないでしょう」

「まあ、確かにそうなんだけど」

「それに、ヒロシって、『厚木臓器売買事件』ではなくて、その裏の家で見つかった少年Zの証言で出てきた人でしょう？」

『厚木臓器売買事件』と少年Zの件は、繋がっていると思う」

「どういうこと？」

「うち、不動産登記簿を改めて調べてみたんだ。あの二軒の家は、一見、別々の人が所有しているけど、どちらもある法人が抵当に入れている」

「ある法人て？」

「妙蓮光の会」

「妙蓮光の会？　そういえば、牛田さんも言及していたね。事件当時、勧誘されたって」

「その勧誘はただの偶然ではなくて、祥子が疑っていたように、彼女、監視されていたんだと思う」

「え、ちょっと待って。……じゃ、『厚木臓器売買事件』って、妙蓮光の会が黒幕ってこと？」

「たぶん」

「じゃ、少年Zの件も？」

「たぶん」

「なんで？　目的は？」

「だから、目的は臓器売買じゃないの？」

「は？」

「たぶん、あの病院も妙蓮光の会の息がかかっていたんだと思う」

「『厚木臓器売買事件』の被害者が運ばれた？　牛田さんが入院していたあの病院？」

「そう。だって、廃院になった理由が、あまりに妙じゃない」

「院長一家が失踪したんだっけ」

「それは、オカルト好きがばらまいた噂。実際には失踪はしてない。今も普通に暮らしている」

「え、そうなの？　じゃ、なんで廃院に？」

「病院の経営をめぐって、あの病院、前から色々とあったらしいのよ。そこに入り込んできたのが、のっとり屋。当時、そういうことがよくあった。経営が傾いている病院に入り込んで、病院をのっとろうと企むブローカーが多かったのよ。で、あの病院も狙われて、院長一家が支配される羽目になったらしい。でも、そのあとのっとり屋は手を引いた」

「なんで、のっとり屋が手を引いたの？」

「たぶん、妙蓮光の会がなにか関係していると思う」

「つまり？」

「つまり、あの病院は、別の反社の手に落ちて、臓器売買に手を染めたんだと思う。反社が連れてくる身元不明の新鮮な死体から臓器を取り出して、それを秘密裏に売っていた。で、理由はわからないけど、臓器提供に一役買っていたのが、妙蓮光の会。……妙蓮光の会、調べてみたら、もとは反社だった。終戦直後、とある反社が脱税と隠れ蓑のために設立した宗教法人だった。当時は戦後のどさくさで、宗教法人も簡単に設立できたんだろうね。……で、その教えのひとつが笑っちゃうのよ。『五臓六腑を捧げて、浄化する』っていうやつ。これってつまり、自分の臓器を提供するってことじゃない？」

「めちゃヤバいじゃん」

「いずれにしても、妙蓮光の会は、宗教団体でもなんでもない。宗教の名を借りた、臓器売買組織なのよ。で、病院を乗っ取ろうとしたブローカーとなにかで揉めたのか、ブローカーのほうが撤退したみたい」

「なるほど。……じゃ、事件が起きたあの家は、臓器提供者（ドナー）製造場所ってこと？」

「そう。その裏にあった家もね。少年Zはドナー候補の一人で、あの家で待機させられていたんじゃないかと思うの」

「……マジか」

　母校の近くで、そんなおぞましいことが行われていたなんて。

　あの家の前は、毎日のように通っていたのに。

「で、妙蓮光の会って、今はどうなっているの？　そんなヤバいことをやってたんなら、もちろん、解散しているよね？」

「いや、まだある」

「嘘でしょ！」

「嘘じゃない。ちゃんと法人の登記簿も調べたもん」

　ここで、みっちょんが妙なため息をついた。そして、

「そんなことより、祥子が誰に殺されたかよ」

と、声を潜めた。さらに、

「うちは、ナオミが怪しいと思っている」

「ナオミ？……ああ、少年Zを拉致監禁した？」

「そう。……さっき、妙蓮光の会の登記簿を調べたって言ったでしょう？　代表者の名前に見覚えがあったんだよね」

「誰？」

「仙谷直子」

「せんごく……なおこ？」

「三郷ナオミという名前で芸能活動している」

「みさとなおみ？」

　聞いたことがある。……そうだ。子役タレントだ。昔、チョコレートのＣＭで大ブレイクした。でも、今は――

「みっちょんの会社のキャラクターをやっている人じゃない！」

奈恵は、ウインドーの向こう側に視線をやった。巨大な看板の中、女が笑っている。

「そうなのよ。……これ、どういうことだと思う？」

「そんなこと言われても。……え。ということは、少年Zを拉致監禁したナオミって、三郷ナオミってこと？」

「うちはそう考えている。そして、祥子を消したのも、三郷ナオミなんじゃないかと」

「マジか。……って、それ、警察には言った？」

「言えるわけないじゃん。だって、なんの証拠もないし、なにより、うちの会社の専属キャラクターだし」

「ちょっと待ってよ。っていうかさ」

混乱した奈恵は、思い出したかのようにミックスジュースのグラスを引き寄せると、ストローを咥え込んだ。

「牛田さんが書いた記事では、ヒロシが怪しいって感じだけど」

そして、改めて用紙を捲った。

「……ヒロシって、わたしたちと同年代で、厚木に住んでたんだよね。だとしたら、わたしたちも知っている人だったりするのかな？」

「うん。知っている人。でも、ヒロシには、祥子は殺せない」

みっちょんの言葉に、奈恵はさらに混乱した。

「なんで？」

「だって、ヒロシは、死んでるから」

「は？」

「まだわからない？　ヒロシって、西脇くんのことなんだよ！」

「はぁ？」

混乱の極みで、つい、ミックスジュースのグラスを倒しそうになる。

「ちょっと待って。……じゃ、あの西脇くんが、少年Ｚを？」

「そう」

「つまり、西脇くんは妙蓮光の会の手先だったということ？」

「そう」

「はぁ？」

混乱しすぎて、変な声しか出ない。

「妙蓮光の会の登記によると、以前の代表は、西脇珠子という人物だった」

「にしわき……たまこ」

「西脇くんの母親だと思う。高校時代のＰＴＡ会員名簿を見てみたんだけど、西脇珠子っていう人物がいたから」

「え、ちょっと待ってよ。妙蓮光の会って、元反社で臓器売買もしていたんでしょう？　そんなヤバい組織の代表をしていたってこと？　西脇くんのお母さんが？」

「もしかしたら、名前を貸していただけかもしれない。西脇家は母親がひとりで西脇くんを育てていたから。借金なんかもあったのかもしれない。それで、雇われ代表にさせられたか」

「西脇くんのお母さんって、なにをしている人だったっけ？」

「スナック経営。でも、赤字経営が続いて、家賃も払えていない状態だった。うちの会社が管理していた物件だったんで、よく覚えている。母親がぼやいていたから。でも、あるときから急に羽ぶりが良くなって、滞納していた家賃もまとめて払ってくれたんだよね」

「じゃ、そのときに妙蓮光の会と縁ができた？」

「たぶん」

「その母親は？」

「亡くなった。……ほら、覚えてない？　駅前のスナックの二階で孤独死した腐乱死体が見つかった事件」

「あ、覚えている。確か、半年ぐらい発見されなかったんだよね。……十五年ぐらい前の事件？」

「あれが、西脇くんの母親なんだよ」

「え。マジで？」

「実はさ、ただの孤独死ではなくて、殺害されたんじゃないかっていう噂がある。でも、畳と同化するほどドロドロに腐乱していたから、詳しい死因はわからなかったみたいだけど」

「それって、もしかして妙蓮光の会がからんでいたりするの？」

「わからない。でも、限りなく怪しいよね」

「っていうかさ。妙蓮光の会ってなんなの。マジで怖いんだけど」

奈恵は、声を震わせた。

なんだか、さっきから誰かに見られているような気がしている。

「でね。ここからが本番なんだけど」

みっちょんが姿勢を正した。

「実は、これから契約のことで、三郷ナオミに会わなくちゃいけないのよ。……モンちゃんも一緒に来てくれない？」

「は？　なんで、わたしが？」

「だって。祥子が誰に殺されたか、気にならない？」

「気になるけど。……そんなの警察に任せておいたほうがいいって。わたしたち素人が首を突っ込んじゃダメだって。それに、三郷ナオミは、ただのタレントじゃないんだよ。妙蓮光の会の代表なんでしょう？　つまり、教祖様なんでしょう？　……そんな人と会うなんて、いやよ」

「どうしても？」

「どうしても！」

23

……あれ、おかしい。

記憶がひどく混乱している。

ここはどこだろう？

奈恵は、目の前に広がる光景を凝視した。

部屋？

なにか懐かしい感じがする部屋だ。

昭和のまま、時が止まったような部屋。

というか、自分は今、どういう状態にあるのだろう。

体が動かない。

なんで？

えっと。

みっちょんに「どうしても」と懇願されて、三郷ナオミに会うために車に乗って、……そして三郷ナオミに会ったところまでは、なんとなく覚えている。

が、その先がどうしても思い出せない。

みっちょんは？　みっちょんはどこ？

えっと。えっと。

視線の先に、なにかゆらゆらと光るものがぶら下がっている。

点滴？

なんで、こんなところに点滴が？

え。点滴から伸びている管、もしかして、わたしに繋がっている？

嘘。どういうこと？

ちょっと、マジで、どういうこと⁉
誰か⁉　誰か！
声にしたくても、声がでない。
喉に何かが埋め込まれている。
どういうこと？　ね、どういうこと？

八章

24

「色葉、色葉、大丈夫？」

何度も声をかけられて、奥寺色葉は短い夢から戻ってきた。

「……あ、あなた」

夫の顔がこちらを覗きこんでいる。

こうやって見ると、イケメンだ。

そりゃそうだ。この顔にやられて、結婚した。

父がお見合い話をもってきたときは、ひどく抵抗したものだ。

「今時、お見合い？　信じられない。時代錯誤もいいところ！」と。

父も負けてなかった。

「お見合いは時代錯誤でもなんでもない。実際、今は結婚相談所という形で存在しているじゃないか。それに、今じゃ見知らぬ者同士が出会うためのサイトもあるというじゃないか。お見合いというのはな、時代を超えて続くシステムなんだよ」

「変な屁理屈言わないで」

「屁理屈じゃないよ。事実、理想の相手なんて、そうそう身近にいるもんじゃない。たいがいは、理想でもなんでもない相手と恋愛したような気分になって結婚する。だから、失望も失敗も多い。でも、お見合いは、理想とか恋愛とか関係ない。だから、期待もしない。つまり、失望もないってことなんだよ」

父は、ときどき禅問答のようなことを言う。まったく意味がわからない。結婚に期待しちゃダメってこと？

「そうは言ってないよ。ただ、多くの人は、夢見がちなんだ、結婚に。過剰な期待も持っている。だから、あとで、こんなはずじゃなかったとか、後悔するもんなんだよ」

何を言っているかわからないけど、なんとなく、説得力はある。

「その点、うちはお見合い結婚だったからね。お互い、過剰な期待がなかったぶん、失望もなかったから、今までうまくやってきた」

確かに、父と母はおしどり夫婦と呼ばれている。喧嘩もほとんどない。自分がグレかかったときも、責任を擦（なす）りあうことなく、協力して問題を乗り越えた。

「結婚しろとは言わない。人生の経験として、お見合いしてみてもいいんじゃないかな？　どうだい？」

「人生の経験？」

「そうだ。なにごとも経験だよ。経験は人生の宝になるからね」

父は国立大学の准教授をしている教育者でもある。こういう説得の仕方は得意中の得意だ。色葉の気持ちもつい、傾いてしまった。

「……それで、お相手はどんな人なの？」

「お父さんと同じく、公務員だよ。しかも、エリートだ。それに、なかなかのいい男だよ」と言いながら、父は写真を取り出した。

よくあるお見合い用の写真ではなく、日常を撮った写真。ポロシャツを着て、なにかを指差して笑っている。ゴルフでもしているんだろうか？　その顔はうっすら日に焼けて。

……正直、一目惚れだった。

実際に会ってみると、その誠実な姿勢にますます惹かれた。だから、結婚もすぐに決意した。父などは、「ほらみてみろ。お見合い、最高じゃないか」と得意げだった。

でもね、お父さん。お父さんの言っていたことは、すべてが正しいわけではない。お見合い結婚でも、相手に失望することはある。たぶん、それは、こちらが過剰な期待をかけてしまったせいなのかもしれないけど。

でも、まさか、この人がこれほどお人好しで、人に騙されてばかりで、脳天気な人とは思っていなかった。一緒にいるだけでイライラする。まさかこれほど、ストレスを抱え込むことになるなんて。今思えば、そのストレスが、息子に向かっていたのだろう。だから、あの子はあんな仕上がりになってしまった。

だとしたら、あの子をあんなふうにしたのは、この人のせいなんじゃないの？

ここまで考えて、色葉はどうしようもない自己嫌悪に陥る。

「どうしたの、色葉。また、泣いているの？」

夫は、優しい。どこまでも優しい。その優しさがときにはトラブルも生んできたけど、その優しさがあるから、私はこうやってなんとか生きていられる。

今となっては、もう夫に頼るしかないのだ。……こんな体になってしまった以上。

「夢を見ていたのよ。昔の夢。懐かしすぎて、つい、涙が出ちゃった」

色葉は、誤魔化すように言った。

「どんな夢？」

「高校時代の夢」

「へー。高校時代、色葉はどんなだったの？」

「私、こう見えて、人気者（アイドル）だったんだから。私のファッションを完コピする人もいたぐらいなんだよ」

「へー」

「やだ、信じてないの？」

「もちろん、信じるよ。だって、色葉は、今もおれのアイドルだからね」

ちょっと、何を言うのよ。恥ずかしいじゃない。

「じゃ、薔薇色の青春だったんだね」夫の言葉に、

「そうでもなかったよ。……むしろ、黒歴史かな」と、色葉は小さく答えた。

「なんで？」

「高校の近くの家で、陰惨な事件があってね」

「ああ……、もしかして、『厚木臓器売買事件』？」

「そう。高校時代の楽しいことを思い出そうとすると、その事件が邪魔するの。昔のクラスメイトと会っても、その話になる。……だから、なんだか、あの頃のことは思い出したくないのよ」

「先日の同窓会のときもそうだったの？」

「そのときは、特にそんな話はでなかったけど。……でも、西脇くんがあんな形で亡くなったから、ますます高校時代の記憶は黒歴史になっちゃった」

「そういえば、もうひとり、クラスメイトが亡くなったって言ってなかった？」

「……カウちゃんね」

色葉は、濁った息を吐き出した。

なんだって、こんなに不幸が続くんだろう？　もしかして、次は私の番？

「どうしたの？　色葉」

「ごめんなさい。なんか、眠くなっちゃった。……寝かせてくれる？」

「うん、わかった。ゆっくりおやすみ」

夫の声がどんどん小さくなる。

色葉は、ゆっくりと目を閉じた。

†

「色葉、色葉！　ね、起きてってば！」

呼ばれて、目を開けると、そこには制服姿の自分がいた。

……いや、違う。みっちょんだ。金色に脱色した髪にギャルメイク。みっちょんはどういうわけか私に懐いて、私の真似ばかりする。ちょっと鬱陶しい存在だけど、頭だけはいいので、教師は一目置いている。

　っていうか、ここ、教室？

え？　なんで？

ああ、そうか。これは、夢か。私、あの頃の夢を見ているんだな。だとしたら、しばらくは、昔の夢を楽しもう。

「どうしたの？　みっちょん」

「色葉ってさ、西脇くんのことどう思っているの？」

「どうって……」

「あ、顔が赤くなって。やっぱ、好きなんでしょ？」

「違うよ！」

「でも、西脇くんには気をつけて」

「え？　どういうこと？」

「あの人、生まれながらの詐欺師だから。嘘つきだから、信じちゃダメだよ」

「なんで、そんな悪口を言うの？」

「色葉を守りたいからだよ」

「そんなの、余計なお世話」

「怒らないでよ」

「みっちょんが変なことを言うからでしょう？　それともなに？　みっちょんも西脇くんのことが好きだったりするの？」

「みっちょんも……って。やっぱり、色葉、西脇くんのこと好きなんだね」

「…………」

本当に、この子は、こういう誘導が上手い。……だから、苦手なのよ、この子。私の真似ばかりするわりには、私を陥れようとする。

みっちょん、あなたは私の味方なの？　それとも敵なの？

「ね、ところで色葉。……妙蓮光の会って知ってる？」

え？　なんでみっちょんが妙蓮光の会を知っているの？

「あのね、うち、告白したいことがあるんだけど。……聞いてくれる？」

「うん、いいけど。なにを告白したいの？」

「あのね――」

25

告白させてください。

わたしは、とある事件の関係者です。

『厚木バラバラ事件』をご存じでしょうか。

『厚木臓器売買事件』といったほうがわかりやすいかもしれません。

一九九五年に、神奈川県の厚木で起きた事件です。

一九九五年当時、わたしは高校生でした。普通の高校生でした。

ところが、ある一人の女の出現で、わたしは「普通」ではいられなくなった。

その女の名前を、仮にIとしておきます。

Iは、わたしの今までの暮らしで見たことがないような子でした。そこにいるだけで旋風を巻き起こす、トリックスターでした。

校則を片っ端から破り、渋谷の裏路地あたりにいるような派手な格好で校庭を闊歩していました。

とても苦手でした。

息苦しいほど、苦手でした。

でも、あるとき気がついたのです。

その息苦しさは、「憧れ」の裏がえしなのだと。憧れが過ぎて、呼吸困難のような症状に襲われていたのだと。

それに気づいたとき、彼女はわたしの「神(アイドル)」になりました。

わたしは、彼女の一挙手一投足を逃すまいと、彼女を追いかけました。あの手この手で彼女の予定を聞き出し、先回りしていました。離れているときはそれこそ地獄でした。今、あの子はなにをしているのだろう？　と思いを巡らせてはため息をついていました。そして、会えない苦しさに、もだえました。

生命維持装置。

先日、友人がそんなことを言っていました。

「推し」がいるから、自分は生きていける。どんなに辛くても、絶望感に蝕（むしば）まれていても、「推し」の存在が、自分を生かしてくれている。

そう、まさに、わたしにとってIは、生命維持装置でした。

Iがいるからわたしは生きていける。

Iがいなければ生きていけない。

そんな切羽詰まった思いに突き動かされて、深夜、彼女の自宅の周囲を徘徊したことも一度や二度ではありません。

このままでは、いけない。このままでは、わたしの生活は破綻してしまう。

辛うじて残っていた理性の破片をかき集めて、わたしはIへの憧憬を消し去ろうと努力しました。でも、ダメでした。そして、思ったのです。なら、わたしがIになればいいんじゃない？と。そしたら、二十四時間、三百六十五日、Iと一緒にいられる。

そう思い立ったわたしは、徹底的にIを模倣しました。髪型、服装、仕草、言葉遣い。完コピまであと少し……というところで、卒業シーズンを迎えてしまいました。

Iにかまけていたわたしは言うまでもなく受験に失敗、浪人を余儀なくされます。

一方、Iはすんなりと卒業し、東京の大学に進みました。

卒業式のことは忘れられません。

金髪に染めた髪を黒に戻し、まるで深窓の令嬢が着るような清楚なワンピースで現れたＩ。憑きものが落ちたかのようでした。

推しの恋愛スキャンダルが発覚して、それまでの情熱が一気に萎える。集めていたグッズをネットオークションで売りさばくファンのあの心理、そのものでした。

さて、前置きはこのくらいにして、本題に入ろうかと思います。

『厚木臓器売買事件』の件です。

わたしは、この事件の関係者です。……いえ、傍観者といったほうが正しいと思います。

事件現場となったあの家を建てたのは、何を隠そうわたしの父なのです。

登記簿上ではそれはわからないようになっていますが、間違いなく、父があの家を建てました。

あの土地にはもともとある会社の倉庫があったのですが、その会社が潰れて、倉庫ごと父が買い取りました。そして二軒の分譲住宅を建てたのです。

二軒ともすぐに売却されました。

買ったのはとある法人の関係者。

その法人とは、妙蓮光の会です。

宗教法人です。

妙蓮光の会は、戦後のどさくさに、父の母親が作った宗教組織です。わたしにとっては、祖母にあたります。

当時、祖母は女衒（ぜげん）やら金貸しやら闇市やらを手がけて、闇の世界では結構有名なやり手だったそうです。祖母は、売血にも手を出していて、戦争孤児や金に困っている復員兵を集めては、血を買っていました。当時は、そういう商売があったようですね。感染症などの問題が起きて、今では禁止されていますが。

そんなとき、今でいう反社とも手を結び、効率的に血液を集めるために宗教法人という隠れ蓑を作り出します。

それが、妙蓮光の会です。……祖母は福島にある小さな神社の娘だったらしいので、宗教法人を作るのは自然な流れだったのかもしれません。

なので、妙蓮光の会はまったく実体のない、インチキ法人です。名前ばかりのものです。祖母が亡くなったあと父が引き継ぎましたが、あくまで、税金対策。なにしろ、宗教法人には税金がかからない。父は、本業の不動産業の売り上げも妙蓮光の会のお布施扱いにして、納税を免れていました。……まあ、いってみれば脱税ですよね。案の定、税務署から目をつけられていました。それで父は、妙蓮光の会を他の人に任せます。最初は知り合いの仙谷絹子という女に。まあ、いってみれば父の愛人です。この人はかつては売れない女優でしたが後に占い師をやっていたこともあり、妙蓮光の会を本格的な宗教組織に育てあげます。「大誅鬼」という言葉を生み出したり、儀式を設定したり、漢方の生薬を使用して解脱ドリンクを考案したり、教義を作ったりして、実体のなかった妙蓮光の会に肉付けをしていきます。

でも、仙谷絹子は死亡。そのあとは父の馴染みのスナックのママであった西脇珠子に妙蓮光の会が託されます。

西脇珠子の息子は西脇満彦といいます。高校の同級生です。この息子というのが、まあ、頭がよくて。学校でもトップクラスの成績。そして、口もうまくて。大嘘も真実のように信じ込ませる才能がありました。……いってみれば、生まれながらの、詐欺師。

思うんですけど、詐欺師の「師」って、師匠の「師」ですよね。辞書を引けば、教えを導く人、手本となる人……と出てきます。医師、教師、師範……「師」が付く肩書きは、社会的に信用のあるものです。じゃ、詐欺師は？……たぶん、ですけど、その悪知恵の高さを揶揄(からか)ってのものでしょう。悪人だけど、その技術と知能には敬意を示すしかない……的な？

そうなんです。詐欺師は、頭がよくないと無理なんです。騙す行為って、知能戦ですからね。もっといえば、知能が高い人はすべて、詐欺師になる素質をもっている。いや、そもそも、詐欺師そのものなのかもしれません。政治家を見てください。嘘八百を並べ立てているじゃないですか。かのお釈迦様だって、その場その場で巧みに嘘を使い分けて、教えを広めた。嘘も方便っていう言葉が示す通り。

「嘘」は、生物の進化には欠かせないスキルなのかもしれませんね。擬態なんかがそのいい例。擬態して、相手を騙し討ちにする。または他者に寄生して、生き延びる生物は数え切れない。正面から正々堂々と獲物を仕留める生物なんていやしません。この世は、ウイルスから大型動物まで、すべて「嘘」を武器にしている。

そういう意味では、正直者のほうが、生物として劣っているのかもしれません。絶対、生き残れませんからね。正直者が馬鹿を見る……とはまさにこのことです。

話がズレてしまいました。

いずれにしても、西脇満彦は嘘の名人でした。わたし、小学校から彼と同じ学校だったんですが、彼の巧みな嘘は、それはそれは見事でした。ときには、いじめられっ子に偽装したこともありました。同情を買うためです。彼の嘘は、誰も傷つけないんです。むしろ、味方を増やしていく。

まさに、教祖のそれでした。

彼も、どこかで自覚していたんじゃないでしょうか。

自分は教祖になるべき人間だと。

教祖なんて、詐欺師の最高峰。

わたしの祖母も大嘘つきの商売人でしたから、インチキ宗教法人を立ち上げたんです。

だから、西脇満彦もそれを見習ったのかもしれません。

……今だから言いますが、西脇満彦は、わたしの祖母の孫でもあります。

そう、わたしの父が、外に作った婚外子なんです。西脇珠子も、わたしの父の愛人だったんです。この二人の馴れ初めはよく知りませんが、わたしの母と結婚する前からの付き合いだったと聞きます。でも、父はわたしの母と結婚することになり、そのあとすぐに、西脇満彦が生まれます。その数ヶ月後、わたしが生まれます。つまり、わたしと西脇満彦は、腹違いの兄妹なんです。

そんな事情があるというのに、兄妹を同じ小学校、中学校、そして高校に通わせるんですから、父も西脇珠子もどうかしています。普通だったら、距離を置きますよね？

うちの父は昔から、そういうところがあるんです。あの祖母に育てられたせいか、どこか浮世離れしていて、どこか無神経で、どこか非常識。だからこそ、不動産業であんなに成功したのかもしれません。この業界も、無神経で非常識で浮世離れしたところがありますからね。虚構にまみれた世界なんです。あんな世界で成功するには、並の神経ではいられません。

西脇満彦は、そんな父の素質を強く受け継いでいました。彼は自身の出自をよく理解していて、それでも平気な顔をして、わたしに話しかけてきましたからね。中学校の頃は、デートにも誘われた。

当時、わたしは西脇満彦の出自のことはまったく知りませんでしたから、有頂天でした。学校の人気者に声をかけられた、デートに誘われたって。

それを母に打ち明けると、母ははじめて、西脇満彦と父の関係を聞かせてくれたのです。……彼もそのことを知っていると。

思春期まっただ中でしたので、かなり動揺しました。立ち直れないぐらいに。……だって、わたし、西脇満彦のことが大好きでしたから。憧れてましたから。

今もまだ、引きずっています。

西脇満彦は、わたしの心を壊すことが目的だったのかもしれない。……暴力よりひどい、心理的虐待です。……さきほど、彼の嘘は誰も傷つけないと言いましたが、厳密には違います。わたしは、一生引きずる傷を負わされました。

そんな西脇満彦が、本気で好きになった子が、前述のIです。Iは、西脇満彦にはまったく見向きもしませんでした。それが小気味よくて、わたし、Iに憧れたのかもしれません。……なのに、同窓会で再会したのをきっかけに、まんまと西脇満彦の手管にやられるなんて。がっかりです。

ああ、そうでしたね。『厚木臓器売買事件』の話でした。

妙蓮光の会は西脇珠子の手に渡りましたが、なにしろ、ペーパー宗教法人。先代の仙谷絹子が肉付けしたからといって、その実体は、まだまだないに等しいものでした。

ところが、あるときから、信者が増加していったんです。西脇珠子が、突然、熱心に布教をはじめたからです。「神が降りてきた」とかなんとか言って。父の話によると、筋のよくない人がスナックの客にいて、その人に利用されていたらしい。その客は反社の人間で、病院のっとりで暗躍していた人と聞きます。妙蓮光の会はその反社にのっとられてしまい、臓器売買に利用されてしまいます。

反社にすっかり取り込まれた西脇珠子はあの家を父にねだります。父は手切れ金の代わりに、あのふたつの家を西脇珠子に譲ったんです。抵当権は妙蓮光の会にした形で。そして、あの家のひとつが、アジトになっていきます。身元が不明なホームレスなどを連れ込んで、ドナーの飼育をはじめるんです。

たぶん、西脇満彦はそれを間近で見ていたんだと思います。そして、自身も、禁断の飼育に手を染める。……彼にとっては、ただの暇つぶし、遊びにすぎませんでしたが、よほど楽しかったのでしょう、どんどんエスカレートしていきます。

オカルト系雑誌で獲物を釣り、裏の家に監禁していったのです。

わたしが知る限り、四人が犠牲になりました。

四人の犠牲者をそれぞれ「ご神体」としてあがめ、その体の一部を「お守り」として、信者たちに売っていたのです。

信者はどんどん増えていきました。インターネットが普及していない時代でしたが、口コミでどんどん。

日々、悩める人がやってきました。恋に悩む女子大生、家庭内暴力に悩む主婦、子供の将来を案じる母親。日本各地からやってきました。その大半は女性でした。

溺れる者は藁をも摑む……とはまさにこのことです。

西脇満彦に、その才覚があったのも理由のひとつでした。

三人の犠牲者は、跡形もなく、消滅しました。血の一滴すら残りませんでした。すべて「お守り」になったのです。

そして、四人目の犠牲者が、少年Zでした。

唯一の生き残りです。

裏の家にいた少年Zは運良く救い出されました。……近所から警察に苦情が出たんです。大音響の音楽がうるさいって。ほんと、あの子は運がよかった。……あと、もう少しだったのに。

その家で行われていたおぞましい儀式は少年の妄想だということで捜査は終了しましたが、違います。

妄想ではありません。だからといって、『厚木臓器売買事件』の一環でもありません。まったく別の事件なのです。

『厚木臓器売買事件』は反社が主導した臓器売買でしたが、その裏の家で行われていたのは、西脇満彦の遊びに過ぎませんでした。そう、教祖ごっこだったのです。

でも、少年Zが救い出されたあと、西脇満彦はその遊びから身を引きました。……すっかり飽きてしまったんです。

西脇満彦はその後、宗教からはまったく足を洗い何事もなかったかのように普通に大学に進学します。

西脇満彦は、後にこう語っていました。

「まあ、あの頃はどうかしてたんだね。まさに、なにかに取り憑かれていたっていうか、若気の至りというか。発覚してよかったよ。おれも、憑きものがとれた」

そう笑いながら。

でも、西脇満彦が集めた信者たちは、信仰を続けました。妙蓮光の会の信者として。隠れキリシタンのように。

ちなみに、その後、法人としての妙蓮光の会は、書類上では仙谷絹子の娘に託されます。西脇満彦が、彼女にすべて押し付けたんです。

え？

なぜ、わたしがこれほどまでに詳しいのかって？

だって、わたし、西脇満彦の共犯者でしたから。西脇満彦に誘われて、教祖ごっこに興じていたんです。

オカルト系の雑誌で「獲物」を集めていたのはわたしです。

三郷ナオミっていう子役上がりのタレント、いるじゃないですか。

あのタレント、うちの父がパトロンでね。昔から面倒を見ていたんです。……いかがわしい意味じゃないですよ。……三郷ナオミも、父の隠し子なんです。そう、三郷ナオミは、妙蓮光の会の代表だった仙谷絹子の娘なんです。

ほんと、笑っちゃう。わたしにはいったい何人のきょうだいがいるんだって。

三郷ナオミとわたしは腹違いの姉妹でしたが、当時は顔かたちがそっくりで。道を歩いているとよく間違われました。……ナオミとは、小さい頃よく遊びました。〝とりかえばや〟ごっこをしたりして。お互いの情報を交換して、それぞれの家に行って何食わぬ顔でなりすますんです。ふふふふ。当たり前ですが、すぐにバレて。うちの母親なんかカンカンに怒っちゃって。うちの子に変なものを飲ませるなって、ナオミのお母さんと取っ組み合いの大喧嘩。

だから、オカルト雑誌で獲物を釣るときも、ナオミを名乗っていたんです。ナオミは当時、心を病んでいて、病院を行ったり来たりしていましたから、ナオミにバレることもありませんでした。

まあ、一種の復讐みたいなもんです。

誰に復讐しようとしていたのか、今となってはよくわからないんですが。

父なのか、ナオミ自身なのか、それとも、世の中に対してなのか。

いずれにしても、わたしも西脇満彦とおんなじで、嘘が上手なんですよ。ナオミになりすますためにいろんな嘘をつきましたが、みんな騙されました。みんな、わたしが子役だったナオミだと信じていました。

でも、わたしだって信じていたんですよ。メシアは本当にいるって。メシアが地球を救うんだって。西脇にしてみれば「教祖ごっこ」だったかもしれないけれど、わたしは心底信じていた。メシアの「印」をもつ人がいるんだって。そして、わたしは巫女なんだって。……バカみたいですよね。

あーあ。

なんで、ここまで正直に話そうと思っちゃったんだろう。

もう、色々と疲れちゃったんですよね。

自分を偽ることに。

優秀でおとなしくて真面目で従順な子。

昔からそう言われてきました。

でも、それはすべて嘘です。

そう、わたしもずっと擬態していたんです。

自分を守るために。そして、敵を攻撃するために。

おかげで、敵はすべて駆逐した。

もう思い残すことはない。

この世には未練がない。

†

みっちょんはそう言うと、カメラのレンズの向きを確認した。

それにしても、その告白は驚くべきものだった。

「驚いた？」

訊かれて、門地奈恵は恐る恐る頷いた。

そんなことより、なんでわたしはこんな目に遭っているのだろう？

ベッドに縛りつけられて、点滴を打たれて。どういうわけか、声も出ない。

「自分はいったいどうしてこんなことに？　って顔している」

言われて、奈恵は、こくこくと繰り返し頷いた。

「……一人で逝くのは、寂しいかな？　って思って」

は？

「モンちゃんは、うちの親友だよね？　そうだよね？」

この場合、どう反応したらいいんだろう？　イエス？　ノー？　どちらが正解？

どちらともとれるように、ゆっくりと瞬（まばた）きをしてみると、

「ありがとう」

と、みっちょんが涙ぐんだ。

「安心して。その点滴は、ただの栄養剤だから。声が出ないのも一時的。筋弛緩剤（きんしかんざい）を打ったから、しばらくは体も動かないし、声も出ない」

き、筋弛緩剤？

「知り合いの獣医師に分けてもらったの。うちが管理しているビルで動物病院を開業している先生なんだけど、お家賃が滞っていてね。それを見逃す代わりに、もらったの」

みっちょん、あんた、そんなことを……。

「不動産業って、裏稼業みたいなところあるから。うちのパパも法の隙間をかいくぐって、悪いことばかり。で、ここまで会社を大きくした。……もちろん、ちゃんとしている不動産屋も多いけどさ。一代でここまで大きくするには、ある程度手も汚さなくちゃね」

みっちょんの父親の悪行は、耳には入っていたけれど。どれもこれも都市伝説のようで、信じてはいなかったけれど。……わたしが聞いたのは、立ち退かない住民を家族まるごと消したとい

う話。文字通り、死体ごと消した。死体は、町工場の溶鉱炉に投入したらしい。火葬場に持ち込んでしれっと焼いたケースもあるという。

「パパにはいろんな噂あるけど。あれ、どれも本当。はじめは溶鉱炉で消していたんだけど、その町工場が潰れて、そのあとは子飼いの葬儀屋に金を握らせて、火葬場で。……ほんと、我が父ながら、ヤバい人だよ、あの人」

あの噂、マジだったんだ……。

「そんな悪逆非道なパパが、手を焼いていたのが、西脇珠子。妙蓮光の会にのめりこんで、臓器売買なんて変な商売をはじめて。うちのパパ、変に潔癖症なところあるからさ、血とか臓器とか、そういうのは大嫌いなのよ。で――」

西脇珠子を殺した？

「パパは手を下してない。パパだったら、あんな殺しかたはしない。完全に、消し去るだろうから」

え。まさか。西脇珠子を殺したのは、……みっちょん？

「いやだ。違うよ。殺したのは、うちのママ。ママはずっとあの女を嫌悪していたからさ。ちなみに、パパのもう一人の愛人、仙谷絹子を殺したのも、ママ」

………。

「ね。うちの家族、変すぎるでしょう？　マジでヤバいでしょう？　もうなんだか、なにもかもイヤになっちゃってさ。で、この世とはおさらばしたくなったの。違う世界に行きたくなったの。……ずっとずっと昔から思っていた。そう、物心ついた頃からね。この異常な環境から自由になりたかった。……何度も試みたんだよ、自殺。でも、ダメだった。ほら、うち、痛いの苦手じゃん？……そんなうちに希望を与えてくれたのが、色葉。蝶々のように自由で奔放で軽やかで。……なのに、卒業したらフツーの女になっちゃった。ほんと、がっかり」

まさか、それで、色葉を殺したの？

「だからって、殺すわけないじゃん。うち、パパやママと違って、常識的な人間だからね」

常識的な人間が、こんなことする？……奈恵は、抗議するように瞬きを繰り返した。

「だから、安心して。モンちゃんは死なないから。薬が抜けたら、元の通りだから。……ただ、うちの死に様を見ていてほしいだけなんだ。うちがちゃんと死ねるか、見届けてほしいの」

なんで、死にたいの？　なんで？　今までも死のうと思って死ねなかったんだよね？　なんで、今になって死にたいなんて。

「だって、うち、手を汚しちゃった。パパとママと同じ。大嫌いなパパとママと同じことをしちゃった」

……どういうこと？

「人を殺しちゃった」

え？

「そして、あの女もね」

あの女？

「パパの隠し子で、うちの姉でもある、あの女よ。子役上がりの、使えないタレント。罪滅ぼしなのか、パパがうちの広告塔として使ってきたけどさ、もう限界」

ちょっと待って。意味がよくわからない。はじめから説明して！

「祥子、あの家でライブ配信したでしょう？　それをうちのパパが見ていてね。激おこ。で、三郷ナオミを使って、祥子を拉致しようとした。そのときにもみ合いになったんだろうね、祥子は死んだ。パパの手にかからなかっただけマシかな。パパの手にかかったら、死体はきれいさっぱり消されるから」

……………。

「でも、祥子の死体は残った。ちゃんと遺族のもとに戻って荼毘に付された。それだけでも、全然まし」

で、なんで、三郷ナオミをみっちょんが殺したの？

「祥子が三郷ナオミに殺されたことは、すぐにわかった。三郷ナオミが、パパに泣きながら報告していたから。……もうあったまきちゃってさ。うちのゲーム友だちを殺しやがって！って。それで、いつかなにかの役に立つと思って獣医師から巻き上げていた安楽死用の薬を飲ませた」

……………。

「今、隣の部屋にいる」

え。

「さっき、脈が止まった。完全に死んだ」

えええええ。

「ついでにいえば、パパとママも、死んだ。三郷ナオミと一緒に、隣の部屋にいる」

ついでに告白することじゃない！

「これで、うちもパパとママと同類。……最悪。やっぱ、あの人たちの血を引いてんだね。汚れた血を。……もう耐えられないよ。もう、生きていけない。だから、今度こそ、うちも死のうと思ったの」

ちょ、ちょ、ちょっと待ってよ！

「ずっと重荷だった妙蓮光の会も手放すことができたし、思い残すことはない」

妙蓮光の会も手放すことができたって、どういうこと？

「書類上では三郷ナオミこと仙谷直子が代表になっているけど、実質、うちが管理してたんだよね。あれがほんと、重荷でさ。いつバカな信者たちが暴走するかと、ヒヤヒヤしてたんだ。で、西脇くんに処分を依頼していた。……そしたら、まんまと色葉の旦那が引っかかってさ。色葉、とんだ間抜けと結婚したもんだわ！　ほんと、重ね重ね、がっかり」

みっちょん、あんなに色葉に憧れていたのに、そこまで言う？　まあ、憧れが強い分、それが裏切られると失望も大きいのはわかるけどさ。

「あー、これですっきりと、この世とおさらばできる。遺言は、さっき撮っておいた。この会話も録画している。うちが死んだら、これを動画サイトにでもアップして。そして、このおぞましい一連の事件を浄化してほしい。……お願いしていい？」

え、なに、この曲。

そんなことをお願いされても。

「プリンス。モンちゃん、好きだったでしょう？」

うん。好きだったけど。……でも、さすがに、音量が大き過ぎない？

「プリンス、やっぱいいよね。エモいよね！」

ちょ、みっちょん、なに？　今、なにを飲んだの？

「オピオイド系。強力な鎮痛剤。眠るように死ぬことができる。ほら、アメリカで今、問題になっているでしょう。プリンスもこの鎮痛剤で死んだ。これを二十錠も飲めば、確実にこの世からおさらばできる。モンちゃんも飲んでみる？」

否定の瞬きをみっつ。

「だよね。モンちゃんには生きていてもらわないと。そして、ちゃんと浄化してもらわないと。……浄化しないとね。浄化しないと。……この世界を浄化しないと！」

ダメダメダメ、飲んじゃダメ……！

だって、まだまだわからないことばかり。

西脇くんは誰が殺したの？　色葉は？　色葉の息子さんは？　っていうか、ここはどこなの？

ねえったら！

まだ、わからないことばかりだよ、だから、死んじゃダメ！

ダメ！

…………。

…………。

…………。

…………。

…………。

…………。

…………。

…………。

「大丈夫ですか？」

そう声をかけられて、奈恵はうっすらと目をあけた。

誰？

「警察の者です。あなたを助けに来ました」

ああ、警察。よかった、助かった……。

26

奈恵がその次に見たのは、白い壁だった。白い壁に、なにか光が躍っている。

その光を反射しているものが、自分の腕に繋がっている。

点滴？

ああ、そうか。わたし、まだあの部屋にいるんだ。警察が来たのは、夢だったんだ。

だったら、みっちょんは？　みっちょん、みっちょんはどこ？

「みっちょん」

声が出たことに驚いていると、知らない顔が視界にぬぅぅと現れた。

誰？

「気づかれましたか？」

返事をしないでいると、

「奈恵！」

と、今度は見覚えのある顔が視界にフレームインしてきた。

母親だ。

「奈恵、奈恵、よかった、よかった」

その顔は、シワと涙でぐちゃぐちゃだ。

「いったいぜんたい、どうしてこんなことに？」

それは、こちらが聞きたい。というか、ここはどこ？

「市立病院だよ。あんたが生まれたところ。わかる？」

病院？

え。じゃ、わたしは助かったの？

「警察の人があんたに聞きたいことがあるって。……でも、今はまだ無理よね」

「うん」

「わかった。じゃ、また日を改めて」

「うん」

そして、奈恵は再び眠りに落ちた。

モンちゃん、うちら、親友だよね。そうだよね。ずっと親友だよね。

だったら、うちのお願いも忘れないでね。

浄化してね。ちゃんと浄化してね。

でないと、うち、天の国にいけないからさ。

あ、もう時間だ。

じゃ、ばいばい。


「みっちょん！」

次に目を覚ますと、また白い壁。そして、お母さんの顔。

あ、わたし、ちょっと寝てたみたい。

「ああ、奈恵。よかった」

母親の顔が相変わらずぐちゃぐちゃだ。

「あんた、一度意識を取り戻したかと思ったら、また意識を失って。……一ヶ月も」

え？　一ヶ月。

嘘でしょう。

短い夢を見ていただけなのに。

ってていうか。時間の感覚がまったくわからない。指先に何かが触れる。髪の毛？　嘘。これ、わたしの髪の毛？　こんなに伸びた？

27

「あんたが拉致されて。あの家から助け出されたのが三ヶ月前」

三ヶ月前⁉

「一時はもうこのまま意識が戻らないのかと絶望したけど、よかった、よかった」

全然、よくない。

「みっちょんは？」

頭の中に浮かんだ疑念が、言葉に変換される。久しぶりに聞く自分の声は、まるで別人だ。

「みっちょんって。……黒川美千代さん？」

頷くと、母親の眉間に影が差す。

「あんたをこんな目に遭わせたの、やっぱり、あの女なのね？」

え？

「あんたは、巻き込まれただけなんだよね？　というか、被害者なんだよね？」

母親が興奮気味に、語気を荒らげる。

「あんたがやったわけじゃないんだよね？」

お母さん、落ち着いて、落ち着いて！

というか、頭ががんがんする。お願い、一人にして。眠らせて。……お願い。

「体調はどうですか？」

初老の黒いパンツスーツ姿の女性に問われて、奈恵は首を傾けた。どう答えていいかわからないからだ。

前に比べれば、体調はずいぶんと回復した。こうやって、車椅子で動けるほどには。

とはいえ、万全ではない。いまだに、点滴が繋がっている。

ここは、病院の応接室。本来は、院長が使用する賓客用のスペースらしいが、今は、即席の取調室となっている。

テーブルを挟んで向こう側には、初老の女性と若い男性。ぱっと見はベテラン上司と若い部下……という構図だが、その言葉遣いからいって、どうやら男性のほうが階級は上のようだ。警察ドラマで見たことがある。警察は年功序列ではなくて、階級至上主義。どんなに若くてもキャリアと呼ばれるエリートならば警部補からスタート。そうでないノンキャリアは巡査からスタートで、警部補までは長い道のりだ。なれない者も多いと。……知識としては知っていても、その現実を目の当たりにすると、なにかばつが悪い。

女性は、たぶん母親と変わらない年代。一方、男性は、昨日、学校を卒業しました！　といわんばかりの未熟さがにじみ出ている。

「体調はどうですか？」

ベテランの女性警官が繰り返す。

「はい。……大丈夫です」

「そうですか。よかった」

未熟者の若い男性が、口を挟む。「もう、ずいぶんと待たされましたからね。やきもきしていたんですよ。このまま死なれたらどうしようって」

さすが、未熟者。失礼極まりない。

女性警官が苦笑いを浮かべながら、すみません……とばかりに軽く頭を下げた。

「それでは、今日は三十分ほどお時間をくださいね。ご負担にならないようにちゃっちゃっと済ませますので」

言いながら、女性警官が手帳を手にする。

一方、未熟者は偉そうに腕を組む。そして、「あんたは――」と、これまた偉そうに人をあんた呼ばわり。

「あの。……わたしから質問、いいですか?」

奈恵は、未熟者の言葉を遮った。

「わたしがこんなことになった経緯をはじめから、ご説明いただけますか? でないと、わたし、なにも答えられません。記憶もあやふやだし、こんな状態で答えたとしても、証言としてなんの役にも立たないと思うんです。だから、まずは、わたしの記憶を整理したいんです」

「あんたね――」未熟者が身を乗り出す。それを制するように、

「おっしゃる通りです。では、事件のあらましをご説明いたしますね」

そして、女性警官は理路整然と説明をはじめた。

それは、無駄が一切なく、要点だけを切り取った、とてもわかりやすいものだった。

その説明を、奈恵は頭の中でさらに簡潔にまとめると、

「つまり。厚木市の一軒家で、みっちょん……黒川美千代さん、その父親の黒川誠二さん、その妻の黒川育子さん、三郷ナオミこと仙谷直子さんの死体が発見される。そして、わたしも瀕死状態でそこにいたと」

「そういうことです」

「その一軒家とは。……もしかして、二十八年前の『厚木臓器売買事件』の現場となった家でしょうか？」

「そうです。……厳密には違います。その裏の家です」

「ああ。教祖ごっこが行われていた家ですね」

「は？　教祖ごっこ？」

「いえ、すみません。……そして、わたしが四人を殺害した被疑者ということになってるんですね？」

「そうだよ」未熟者が、がらっぱちな声を上げた。「あんたがやったんだよね？」

「違います」

「違うって、なんで言い切れるの？　あんた、さっき言ったよね？　記憶があやふやだって」

「じゃ、聞きますが。なんで、わたしがやったって、あなたは言い切れるんですか？　なにか証拠があるんですか？」

　未熟者が、言い負かされた小学生のように顔を真っ赤にして口をパクパクさせる。

「状況証拠です」

　女性警官が言葉を投げつけた。

「状況だけを見ると、あなたが被疑者である可能性が高いことになります」

「状況証拠？」

「あなたは、拉致されて、あの部屋に監禁されていたんではないですか？」

「はい」

「それで、逃げ出そうとした」

「……うん？」

「逃げ出すには、監禁者たちを殺害するしかない。……そう思ったのでは？」

「監禁者たち？」

「そうです。黒川美千代さん、その両親、そして三郷ナオミさんです」

「いやいや。それは違います。だって、わたし――」

いや、厳密にいうと、彼らが死んでいるのは知っていた。みっちょんがそう言ったからだ。……そうだ。みっちょんが彼らを殺害して、そして、自ら薬を飲んで死んだ。それを言うと、

「馬鹿馬鹿しい」

と、未熟者が吐き捨てた。

「みっちょんこと黒川美千代さんも、バラバラにされていたんですよ。それどころか、その両親と三郷ナオミもね！」

「は？　バラバラ？」

「完全にバラバラになっていたのではなくて、バラバラにしている途中でした」女性警官が、冷静に補足する。「……現場は、それはそれは凄惨な状態でした」

「は？　は？　は？」

「あなた、覚えてないんですか？　警察が到着したとき、あなたは死体の一部をミキサーにかけてミンチにしていたんですよ」

……わたしが、ミンチに？

「近所の住民から通報があったんだよ！　大音響で音楽をかけている家がある。どうにかしてくれって。それで、地元の交番から警官二名が当該家屋を訪ねたら、あんたが、死体を解体していたんですよ！」未熟者が吼える。

嘘でしょう？　何言っているの、この男。こいつをなんとかしてよ、ね。ベテランの女性警官さん！

が、女性警官は首を横に振ると、

「警官二名は、あなたを緊急逮捕しました。が、その場であなたは気を失い、警察ではなくて病院に搬送されたのです。あなたの体内から大量の薬が確認されました。……オピオイド系の強力な鎮痛剤です」

オピオイド系という薬なら、覚えがある。みっちょんが飲んだ薬だ。

それを、わたしも飲んだ？

嘘、全然、違う。それ、全然違うから！

「あんたを逮捕した警官が言うには、あんたはひどい酩酊状態にあった。そして、こんなことを呟いていたそうです。浄化しなくちゃ、浄化しなくちゃ……って」

それは、わたしじゃない。それは、みっちょんの台詞。

……、え、ちょっと待って。

わたし、なにか思い出した。

そう、みっちょんに監禁されて。みっちょんに筋弛緩剤を打たれて。みっちょんが薬を飲んで死んで。

「カメラ。そう、みっちょんがカメラを回していた。一部始終を録画していたはず！」

「カメラなんてありませんでしたが」

女性警官が、憐れみの眼差しで言った。

「嘘です、嘘です！　ちゃんと探しましたか⁉　カメラ、間違いなく回ってましたよ！」

「落ち着いてください。興奮しないでください」女性警官が慣れた手つきで奈恵の背中をゆっくりとさする。続けて、「今日は、ここまでにしましょうか」

「あ、ちょっと待って。今、思い出したんですけど――」

が、喉になにかがつかえているかのように、言葉がうまくでない。それでも奈恵は、喉の奥で叫び続けた。

……誰かが来たの。……その人は、自分のことを警察の者だって言った。わたしを助けにきたって。それで安心しちゃって、わたし、そのまま寝てしまって……。

そのときの警官なら、本当のことを知っているかも。その人を呼んできて。

ね、呼んできて！

最終章

「本当に、辞めるんですね」

部下の男に声をかけられて、奥寺は歪んだ笑みを作った。

「ああ。今までありがとう」

「もったいない。署長まであともう少しだというのに」

「……そんな出世競争にはもうまったく興味はありませんね。……では」

そして、奥寺は、小さな花束を手にし、部屋を出て行った。


「今更署長になったとしても、あの人にとっては嬉しくもなんともないでしょう。しかも、離島の署長なんてさ」

警視庁女子寮の一室、今日一日の出来事を誰かに報告するように、小平鏡子はひとりごちた。

こんなひとりごとも、もう何年目になるだろうか。……十年目？　いや、十五年目だ。まさか、こんなに長く、独身寮のお世話になるなんて。というか、こんなに長く、警察で働くことになるなんて。

リーマンショックの煽りを受け、内定が飛んだ。慌てて就活しなおすも、未曽有の大不況。大手はもちろん、町工場ですら募集はなかった。絶望に打ちひしがれて駅のホームにぼんやりたたずんでいたとき、視界の端に映ったのが、警官募集のポスターだった。警察なんて、ドラマや小説の中でしか知らない、まったく自分とは無縁の存在だったが、あのときは飛びつくしかなかった。

　なにも知らないで飛び込んだ世界。階級の存在すら、よく知らなかった。だから、ノンキャリアとキャリアの違いでさえも知らなかったのだが、今となっては警官を見ると「ノンキャリア？キャリア？」と、無意識に値踏みをしてしまう。

　鏡子は、ようやく巡査部長になったところだ。ノンキャリアにしてみれば順当だろうか。今は、その上の警部補を目指しているところだが、これがかなり狭き門だ。仮に、これに合格したとしても、その先はどん詰まり。誰か偉い人に引き上げてもらわない限り、その上はない。ドラマなどでは、たたき上げ（ノンキャリア）が警視や署長になるケースがよく見受けられるが、幹部に取り入ってよほどうまいことやったに違いない……という目で見てしまう。

　一方、キャリア組は、警部補からスタートだ。そこからトントン拍子で警視まで駒を進める。二十代で署長になるケースもある。そういう意味では、キャリアにとって「署長」はそれほどのものではない。

　なのに、奥寺は、四十半ばを過ぎてようやく、「署長」に駒を進めようとしていた。キャリアだというのに。

　はっきりいって、出世コースの脱落組だ。その証拠に、ずっと窓際部署でくすぶっていた。ドラマなんかじゃ、窓際部署にくすぶっているのは、たいがいは実力派の刑事だったり天才刑事だったりすることが多いのだが、そんなこと、実際にはほとんどない。窓際に相応しい人物が配属されるだけの話だ。

「まあ、確かに、あの人、ちょっと変わってるしな」

妙な噂も多い。

原野商法にひっかかって多額の借金を抱えているとか、息子がユーチューバーで脱税しているとか。いずれにしても、金がらみの噂だ。

警官も人の子だ。ダークサイドに堕ちる人はいる。この寮でも、昔、乳児の死体が見つかったことがあると聞いた。女性警官がホストにはまり、そのホストとの子供を自室で産んで、そのまま殺害して冷蔵庫に遺棄したという。今でも、ネットで検索すれば、当時のニュースがヒットする。とはいえ、その事件後、ここも建て替えられているので事故物件ではない。が、今でも、深夜、赤ん坊の泣き声が聞こえる……という噂が絶えない。事実、鏡子もその声を聞いたことがある。

警官の不祥事なんて、数え切れない。違法ドラッグ、盗撮、レイプ、殺人。犯罪と隣り合わせの環境にいると、どうしてもあちら側に染まってしまう人も出てくるのだ。

奥寺もそんな一人なのかもしれない。

今回の退職だって、脱税がバレたのが原因だと聞いた。

「でも、それだけ？」

総務部に勤めている鏡子は、奥寺が退職するにあたりいろいろと書類を整えたのだが、その過程で、妙な名前を見つけた。

それは、「妙蓮光の会」という宗教法人だ。

奥寺が提出した書類の中にあった名前だ。

「そう。連絡先として書かれていた」

気になって、宗教法人に詳しい先輩に聞いてみた。この寮を管理監視する、寮長の長崎さんだ。

長崎さんは言った。

「妙蓮光の会か。あそこは、色々とヤバいよ。代表もコロコロ替わってさ。なんでも、反社の隠れ蓑にされてきたみたい。そういえば、かつては臓器売買の噂もあったな。確固たる証拠がなかったんで、摘発はされなかったけど。……あ、そういえば、先日、弁護士を名乗る詐欺師のバラバラ死体が見つかったじゃない。あれ、妙蓮光の会が関わっているんじゃないかって」

そのバラバラ死体を早速検索してみると、被害者は西脇満彦という男性。

「で、なんで妙蓮光の会が気になるの？」

「うちの部署で、昨日、退職した人がいるんですけど」

「もしかして、奥寺さん？」

「あ、ご存じでした？」

「あの人、愛妻家で有名だったじゃない。デスクに奥さんの写真をいくつも飾って。……うちの部署でも話題になったことあるよ。ほら。いつだったか、テレビの『警察24時』に出たことあるでしょ、あの人」

「ああ、密着ドキュメンタリーの？」

「そう。そのとき、奥寺さん、奥さんとの馴れ初めを延々としゃべってた」

もちろん、覚えている。大学浪人中に部屋に閉じこめられていたとき、外から聞こえる女子高生の可憐な声。その声に助けられた。まさに、救世主(メシア)だ。この部屋を出たら、必ず、その声の持ち主に会いに行こうと誓った。そして晴れて、警官に。その女子高生を探し出して、結婚した……とかいう話だった。感動話になっていたけど、一歩間違えたら、ストーカーの話だ。だって、その女子高生を捜すために警官になったというんだから。……ちょっとぞっとした。

「その奥さんにも、なんか変な噂あるんだよね」

「どんな噂です？」

「アルコール依存症とか」

「アルコール……依存症」

「で、息子はゲーム廃人」

「……詰んでますね」

「でしょう？　それで、その奥寺さんがどうしたって？」

「奥寺さんの連絡先に、妙蓮光の会の名前があったんですよ」

「え、マジで？　じゃ、あの噂は、本当だったんだ……」

「どんな噂です？」

「出家したって」

「はぁ？」

「しかも。さっき話に出た西脇満彦さん殺害に絡んでいるんじゃないかって、聞いた。秘密裏に、何度か事情聴取もされているみたい」

「マジですか？」

「ヤバいでしょう？　退職したとはいえ、警察関係者が殺人に関与なんてさ」

「……まさか、もみ消したりするんですかね？」

「さあ、どうだろう。私、経理だから。そういうの、よくわかんない。……でも、もみ消すんだろうね。よくある話よ」

そして、長崎さんは一方的に話を締めくくると、くるりと背中を向けた。

†

長い夢を見ているのか。

だとしたら、なんという悪夢だ。

こんな悪夢を見続けるぐらいなら、死んだほうがマシだ。

それとも、もう死んでいるのだろうか。

死んでもなお、こんな苦痛が続くというのなら、ここは地獄なのか？

そういえば、小さい頃、『地獄』というタイトルの絵本をプレゼントしてもらったことがある。

そのタイトル通り、地獄絵図が延々と続く絵本だ。釜ゆでにされ、串刺しにされ、皮を剝がされ、体をバラバラに刻まれて。

「ほら、見てみて。地獄、怖いでしょう？　惨いでしょう？　絶対行きたくないでしょう？　いい？　悪いことをしたら、地獄に落ちちゃうのよ。だから、良い子にしていてね。ママの言うことをよく聞いてね。ママの言う通りにしていれば、地獄に行かなくて済むんだからね」

ママ。どうやらおれは、地獄に落ちてしまったようだ。

ママの言うことを聞かなかったから？

ママの言う通りにしなかったから？

でも、ママ。ママの言うことなんて、どれも出鱈目で、その通りにしようとは思えなかった。

ママの言うことはいつだって間違っていたし、非常識だった。

そう、あなたは常軌を逸していた。

あなたがおれにあの絵本を見せたのだって、ただの「脅迫」に過ぎない。

そう、そうやって世の親たちは、子供たちを縛り付けてきたんだ。

「親の言うことを聞かなければ、ひどい目に遭う。地獄に落ちる」と。

――それってさ、「洗脳」だよね？

あるときおれは、そう言ってママに反抗した。そしてママのもとから逃げ出した。

「ああ、あなたはサタンになってしまったのね」

ママは泣いた。

サタン？

サタンなのは、どっちだよ！

もうたくさんだよ！

「あなた、地獄に落ちるわよ、間違いなく、あなたは地獄に落ちる！　頭を砕かれて、体をバラバラにされて、内臓は引き摺り出されて、それでもあなたは死ぬこともできなくて、耐えがたい苦痛を未来永劫に味わうことになるのよ！」

だから、もうたくさんなんだよ、その脅し文句は！

「でもね、ママは最後まであなたの味方だからね。あなたを助けてあげるからね。地獄に落ちるときがきたら、こう祈りなさい。

神よ。我を救いたまえ！」

†

神よ。我を救いたまえ！

「え？　なに？」

奥寺久斗（ひさと）はその声に驚いて、飛び起きた。

ここは、どこだ？

……そうか。妻が入院している、病院だ。

傍らの時計の表示は、午後の二時四十三分。

ああ、いつのまにか、うたた寝してしまった。

隣のベッドから視線が飛んでくる。妻だ。

「ごめん、ちょっと寝ちゃったみたいだ。……起こした？」

妻が、瞬きで返事をする。

「昔の夢を見ていた。……あの部屋で監禁されていたときの夢を」

妻が、ゆっくりと瞬きを繰り返す。

「そして、ママの夢も見ていた。おれをずっと洗脳し虐待し続けてきた、大悪党。……君も、あの人のことは大の苦手だったよね。名前を聞くだけで、胃が痛いってよく言っていたね」

やはり、妻が瞬きで応える。

その白目は蜜柑のように真っ黄色で、その肌も黄色い絵の具を塗ったようだ。

妻の色葉の肝臓は急速に悪くなっている。日頃のアルコールに加え、長年にわたる嫁姑問題、息子の引きこもり、脱税問題、そして西脇満彦という詐欺師の存在。


……西脇満彦。会ってすぐにわかったよ、ヒロシだって。

でも、あいつはおれのことには気がつかなかった。おれを拉致監禁して、散々弄んだくせして。昔のことはすっかり忘れていやがる。……あいつは、ママに匹敵する大悪党だ。だって、君を凌辱した。そうだろう？　君は、あの男と寝たんだろう？……絶対に許さない。絶対に！

わかっている、君はなにも悪くない。悪いのは、あの男のほうだ。だから、排除しておいた。

……おれが監禁されていた、あの家で。

あの男をあの家に呼び出したんだよ。あの男、おれがあのときの少年だと知ったとき、随分と驚いていたな。鉄砲玉をくらった鳩のように、あわあわしてた。まったくの無防備だったからね、殺害するのは簡単だった。ベルトで一気に締め上げたんだ。

バラバラにするのも、実はそう難しいことではないんだ。半日あれば、できる。でも、頭部はやっぱり難しいんだよな。だから、頭部だけはあの家に残して、あとはスーツケースに詰め込んで、多摩川の上流付近に置いてきた。……でも、雨が降ったのがいけなかったな。そのスーツケースも、案外すぐに下流にまで流れてきちゃってさ。発見が予想以上に早かったから、焦ったよ。あの家に残してきた頭部のことが心配になってね。回収しようとしていたとき、あの生配信があったんだ。牛田祥子っていったっけ。彼女も君のクラスメイトだったんだろう？

おれは、急いで、あの家に向かった。でも、どういうわけか、牛田祥子は救急車に緊急搬送されているところだった。

なんだかわからないけど、運がおれに味方してくれた。

……とも、いえないか。西脇の頭部が見つかっちゃったんだから。

まあ、その件については、追々、どうにかするつもりだよ。警察仲間の中には、おれに弱みを握られているやつもいてね。そいつに頼めば、なんとかしてくれるだろうと踏んでいる。

そして、モンちゃんっていったっけ。君、彼女のことが大の苦手だって言っていたよね。あの日、彼女から電話があった日、君は倒れた。急性肝炎で。ストレスがたまりにたまった結果だったんだろう。そのトリガーは、間違いなく、モンちゃんという女だ。

あと、みっちょんという女もだ。みっちょんもまた、君を苦しめるサタンだった。

だから、おれは、徹底的にあの二人のことを調べたんだ。

驚きだったね。みっちょんが、あのナオミだったなんてさ！　おれを散々いたぶった、あのヒロシの相棒だったなんてね！

これは、なにがなんでも、お仕置きが必要だ。そう思ったおれは、あの二人を監視しつつ、どう浄化するか、いろいろと考えを巡らせていた。

でも、おれが直接手を下すまでもなく、みっちょんは自滅した。あの家で両親と異母姉を殺害して、自分の命も絶った。……まあ、あの女は昔からイカれていたからね、当然の成り行きだ。

残るはモンちゃん。

どうしようかと思案していると、大量の薬があることに気がついた。オピオイド系の薬だ。それを見ていたら、いいアイデアが浮かんだんだよ！

あの女にオピオイド系の薬を大量に飲ませて、大音響の中、「サタンを浄化せよ、サタンを浄化せよ」と死体をバラバラにしてみせたんだ。すると、パキっていた彼女もそれに倣って、死体をミンチにしてくれた。おれはその隙に、みっちょんが回していたと思われるカメラを懐に入れて、その場を去った。そのあと、地元住民を装い警察に通報したんだ。案の定、モンちゃんはその場で緊急逮捕された。……今頃は、豚箱の中だ。これで、あの女はもう、君には近づけない。


それと、君が苦手なおれの母親。

ママも、近いうちに排除するつもりだ。どこかの施設にぶち込もうと思う。……ごめん、さすがに、母親は殺せないよ。あの人にはおれも苦しめられてきたけれど、この手では殺せない。でも、安心して。あの人もそう長くはない。癌を患っているからね。余命は一年らしい。


残るは、息子の斗夢だ。

あれも、君を苦しめる悪いやつだ。サタンだ。排除しなくてはいけない。

でも、あれには利用価値がある。

あれの肝臓が、君には必要なんだ。……君は腎臓も悪いから、いずれは、あれの腎臓も必要になるだろう。

だから、今のところは生かしておくつもりだよ。

当分は「教祖」としてね。

そう。西脇満彦が持ち込んだ、妙蓮光の会の件。着々と進んでいるよ。おれが、代表となった。

ゆくゆくは、大きな施設も作るつもりだ。

おれには、夢があるんだ。

妙蓮光の会を大きく育てて、この世からサタンをすべて排除し、そして極楽を作るんだ。

君は、極楽の中で、いつまでも、永遠に、生きるんだよ。

だって、君こそが、おれのメシアなんだから。

世界を救う教祖（メシア）なんだから。


そう、君は、メシアなんだ。おれ、二十八年前に厚木のあの家で監禁されていたんだよ。『厚木臓器売買事件』または『厚木バラバラ事件』の現場となった裏の家にね。あのときは、本当に絶望しかなかった。地獄だった。そんなとき、君の声を聞いたんだ。君の歌声を。

五月雨（さみだれ）は緑色　悲しくさせたよ一人の午後は
恋をして淋しくて　届かぬ想いを暖めていた

好きだよと言えずに　初恋は
　ふりこ細工の心――

村下孝蔵の『初恋』。

あの歌声で、おれは生かされたんだ。そして、こう決意した。

この部屋から脱出できたら、おれは生まれ変わろう。そして、あの声の持ち主を探し出して、必ず結婚しようって。

その決意通り、おれは生まれ変わった。徹底的に優等生になることで、精神病棟も脱出できた。勉強も死ぬほどして、難関大学にも行った。そして警察官（キャリア）になった。警官になれば、その特権を利用して君を探し出せると思ってね。

おれは、ありとあらゆる手段を用いて、君を探した。そして、探し当てた。

君のお父さんの上司にあたる人に取り入り、君とお見合いするところまで漕ぎ着けた。正直、結婚できるかどうかはわからなかったけど、君は、おれを選んでくれた。

ありがとう。

やっぱり、君はメシアだ。

だから、おれは必ず、君を助ける。どんな手段を使っても。

色葉、愛しているよ。

†

「色葉、愛しているよ」

夫の唇が近づいてくる。

やめて、こんな状態で、そんなことしたくない。

っていうか。あなた、厚木のあの家で監禁されていたの？　あの『厚木バラバラ事件』の現場の裏の家ですって？　そこで、私の歌声を聞いた？

なにを言っているのかさっぱりわからない。

確かに、私が通っていたS高校の近くの家だけど、『初恋』は当時学校でもよく歌っていたけど、私、あの家には近づいたことはないわ。一度もね！

あなた、誰かと勘違いしている。

やっぱり、あなたは、優しいだけの間抜けな人ね。

毎回、大切なところを間違える。

そんなあなたが、宗教法人の代表？

そして私が教祖？

笑っちゃう。いったい、どんな冗談なのよ？

ああ、あなた、ちょっと一人にしてくれないかな。

私、猛烈に眠いのよ。……だから、お願い、一人にして。

……あっちに行って！

初出

†

「小説幻冬」2022年12月号～ 2023年10月号
「教祖の作り方」を加筆し改題いたしました。

参考

†

『完全教祖マニュアル』（ちくま新書）架神恭介、辰巳一世（著）

ウィキペディア

「パソコン通信〝最後のホスト〟『死ぬまで続ける』と語る理由」

（文春オンライン）

https://bunshun.jp/articles/-/7483?page=4#photo_1

真梨幸子　まり・ゆきこ
1964年宮崎県生まれ。
2005年『孤虫症』で第32回メフィスト賞を受賞し、デビュー。
11年に文庫化された『殺人鬼フジコの衝動』が大ヒット。
その続編『インタビュー・イン・セル　殺人鬼フジコの真実』も話題になり、
シリーズ累計発行部数60万部を突破した。
『女ともだち』『みんな邪魔』『あの女』『5人のジュンコ』
『坂の上の赤い屋根』など著書多数。

教祖の作りかた

2024年5月20日　第1刷発行

著　者　真梨幸子
発行人　見城 徹
編集人　森下康樹
編集者　宮城晶子
発行所　株式会社 幻冬舎
〒151-0051 東京都渋谷区千駄ヶ谷4-9-7
電話:03(5411)6211(編集)
03(5411)6222(営業)
公式HP:https://www.gentosha.co.jp/
印刷・製本所　中央精版印刷株式会社

検印廃止

Printed in Japan　ISBN978-4-344-04276-6　C0093